Manfred Klenk
Hasan Dewran
Bernhard Schader
Hans-Walter Voigt

Heimat und Anderswo

Gesamtherstellung: Verlag Waldkirch KG
Auswahl und Redaktion: Manfred Klenk

Titelbild auf dem Cover von Edgar Schmandt:
„Der Kopf des Menschen“ (1998/2009)

ISBN 978-3-86476-176-8

Seit 1542

Verlag Waldkirch KG
Schützenstraße 18
68259 Mannheim
Telefon 0621-12 91 50
Fax 0621-12 91 599
E-Mail: verlag@waldkirch.de
www.verlag-waldkirch.de

Manfred Klenk Hasan Dewran
Bernhard Schader Hans-Walter Voigt

Heimat und Anderswo

Verlag Waldkirch

Sehnsucht nach kosmopolitischer Provinz

Wenn von Heimat die Rede ist, werden oft Widersprüche in der Auslegung des Heimatbegriffs erkennbar. Es sind Stereotypen, scheinbar unausweichliche Assoziationen mit Pathos, Überhöhung romantisierenden Heimatgefühls bis hin zu ideologischen Reiz- und Schlagworten – die sich nicht selten vermengen zum Konglomerat ‚Heimat', insbesondere bei inflationärem Gebrauch.

Und doch kann dieses Schlüsselwort einen Zugang zum kulturellen Gedächtnis einer Gesellschaft öffnen, nicht nur, weil es ein fundamentales Verhältnis zwischen ‚Mensch und Welt' beschreibt, sondern auch deshalb, weil es in Krisenzeiten Hochkonjunktur hat (Susanne Scharnowski*[1]: „Heimat – Geschichte eines Missverständnisses" – WBG Darmstadt, 2019).

Der Topos ‚Heimat' spielte im Lauf der Jahrhunderte eine (wiederkehrende) Rolle in der Literatur, in der Philosophie, im Recht, in der Religion, in Architektur und Stadtplanung" – Scharnowskis Plädoyer: Heimat als kleinsten Ort der Welt wahrzunehmen, nicht als Nation oder größeres Territorium.

Was aber bedeutet ‚Heimat' den vor Krieg und Gewalt Geflüchteten, den Schutzbefohlenen im Exil, woran denken Kinder ohne Eltern, Obdachlose, wenn sie dieses Wort vernehmen? – Ernst Blochs Vorstellung von Heimat im „Prinzip Hoffnung" beginnt damit, dass uns etwas „in die Kindheit scheint", von dem wir erst am Ende erfahren, was es ist: eine Erinnerung und eine große Hoffnung zugleich – Heimat, ein Ort, ein Zuhause – „worin noch niemand war".

Offenbar ist Heimat mit diesem Schein in die Kindheit verbunden, damit man sich auf den Schutz und die Geborgenheit durch Eltern, Geschwister, Nachbarn verlassen kann, in dieser von Vertrauen bedingten Umgebung die ersten sinnlichen Erfahrungen zu speichern: Gerüche, Töne, Bilder, Sprachklänge, die Laute von Natur und Gesellschaft, um damit sich auch Worte, Gesten, Sprache selbst anzueignen. Das alles im Bewusstsein, jederzeit der glücklichen Rückkehr gewiss zu sein – zumindest in der Erinnerung.

Der Heimatbegriff wirft somit universelle Fragen auf: Wo liegen unsere Wurzeln, was und wieviel bestimmt unsere Herkunft? Wie prägt sie uns darüber hinaus? Was wollen wir in ihr bewahren? Wovon sollte uns Heimat befreien?

Heimat – sie gibt es nicht nur im Singular. Nicht selten steht sie dem Individuum auch im Plural für mehrere ‚Heimaten'. Mit ihrer Lyrik und ihrer Prosa haben sich die vier Autoren dieses Buches „Heimat und Anderswo" auf den Weg gemacht, der vielseitigen Wahrnehmung dieses Schlüsselwortes nachzuspüren, den Heimaten unterschiedlicher Herkunft, deren Individuen, ihrem Fußabdruck zu folgen.

Manfred Klenk

Kapitel 1

Postkarten Idylle –

Heimat in der Erinnerung

Big Yellow Taxi	Joni Mitchell – 1970
Heimkehr	Gedicht Hans-Walter Voigt
Am Rhein	Gedicht Hasan Dewran
Munzur	Hasan Dewran
Lindau	Postkarten-Poesie Manfred Klenk
Das Meer fein sauber, aber kühl	Prosa Bernhard Schader
Wahlheimat	Gedicht Hans-Walter Voigt
Die Felsfeige	Gedicht Hasan Dewran
Heimat beginnt so:	Gedicht Manfred Klenk
Orvieto Underground	Prosa Bernhard Schader

Postkarten Idylle –

Heimat in der Erinnerung

„Die Sehnsucht nach der guten alten Zeit
malt selbst das schwerste Leid noch
in frohen Farben.“[*2]

(Egon Friedell)

„Eine müde Erde sehnt sich
nach einem fernen Himmel.“

(Hasan Dewran)

Kapitel 1

„… Sie haben das Paradies gepflastert
und einen Parkplatz daraus gemacht,
mit einem rosaroten Hotel, einer Boutique
und einem angesagten Szenetreff.

Ist das nicht immer so,
dass man gar nicht weiß, was man hat,
bis es weg ist?
Sie haben das Paradies gepflastert
und einen Parkplatz daraus gemacht.“

(Joni Mitchel: kanadische Sängerin,
Komponistin – „Big Yellow Taxi“ – 1970)

Hans-Walter Voigt

Heimkehr

Von den Dächern
quillt der Rauch
in den Novemberhimmel,
milchfarben-rosarot.

Die Vorgärten schlafen
sanft wie blinde Kinder,
die nach dem Traum
vergessen wurden.

Glitzernd hell
der Reif
auf dem Rasen
vor jedem Haus.

Ein jedes trägt noch seine Nummer,
ich suche nach den Namen.
Kein Wort, kein Ton,
kein Blick, kein Winken

von euch
zu mir.

Ich parke falsch.

Kapitel 1

Hasan Dewran

Am Rhein

Wenn ich einsam bin,
zieht es mich an den Rhein,
dorthin, wo ich glaube,
am Munzur zu sein.
Ich singe die alten Lieder
und schicke Grüße
an den fernen Munzur
mit dem Rhein
auf die Reise.
Denn irgendwann
treffen sich
alle Flüsse im Ozean.

Hasan Dewran

Der Munzur

Der Munzur ist ein Fluss in Ostanatolien und entspringt den gleichnamigen Munzur-Bergen. Er ist für die dort ansässigen Zaza-sprachigen Aleviten ein heiliger Fluss.
Er entspringt mit schäumend schneeweißer Farbe aus kupferfarbigen Felsen. Es heißt, es sind 40 Quellen, aus denen er entsteht. Ob es genau 40 sind, weiß jedoch niemand. Aber die 40 ist eine heilige Zahl, und deshalb gehen wir davon aus, dass es 40 sind! Jedenfalls ist er schon in seinem Anfang ein großer Fluss, der sich etwa 100 Kilometer später mit dem Euphrat vereinigt. Später nehmen sie noch den Tigris mit und münden gemeinsam am Persischen Golf im Indischen Ozean.

Über diese 40 Quellen gibt es mehrere Sagen in der Zaza-Sprache. Zum Beispiel diese: Munzur war ein Hirte auf einem Bauernhof. Täglich weidete er seine Herde auf den Höhen und Tiefen der Landschaft. Eines Tages begab sich sein Herr auf eine strapaziöse Pilgerfahrt. Als er nach einigen Wochen nicht zurück war, machte sich Munzur Sorgen um seinen Herrn, denn die Wege waren unsicher und voller Widrigkeiten. Eines Tages spürte er, dass sein Herr nicht mehr weit war, und in freudiger Erregung lief er mit einem Behälter (Buress) mit Milch auf eine Anhöhe, um nach ihm Ausschau zu halten. Dabei verschüttete er in der Aufregung, ohne es zu merken, die Milch. Überall, wo die Milch die Erde berührte, entsprang fortan eine Quelle.

Munzur war seinem Herrn, seiner Herde, der Natur und allen Mitmenschen gegenüber liebevoll und respektvoll zugewandt. Er wird daher als heilig verehrt. Seither ist dies ein heiliger Ort für die Aleviten. Jährlich pilgern viele Menschen zu diesen Quellen des Munzur, um Kerzen anzuzünden und das heilige Brot mit den anderen Besuchern zu teilen. Dann, so heißt es, geht auch der Wunsch, um den man dort bittet, in Erfüllung.

Kapitel 1

Manfred Klenk

Lindau im Bodensee

(Postkarten-Poesie)

Insel mit Altstadt
im See der Binsengeister
Den Ausblick beflügelt:
Das kleine Hafentor zur linden Au
Ankommende begrüßt, Möwen,
Turm- und Mauersegler, Motorboote
Mit dem Leuchtturm zur Linken,
Als wolle der die Silhouette,
Bregenzer Alpenkette überragen,
Zur Rechten den steinernen Löwen
Mit majestätischem Blick
Aufs bajuwarische Meer –
Silbern der See an Sonnentagen
Am Nachmittag, ein Schläfchen haltend.

Es rührt ihn nicht
Alltägliche Mixtur von Pantomimen,
Die Statuen gleich der Insel Promenade zieren,
Wo Pärchen Arm in Arm flanieren, betreten
Poeten gern den Nobelpreissteg – dort üben
Kinder schon, Rollatoren hin und her zu schieben,
Während sich Senioren Sahnekuchen
Zu Gemüte führen
Vor der Zuckerguss Parade
Hin geträufelter Hotelfassade.

Dem glänzenden Meer die liebliche Welle,
Den schlaffen Segeln günstigen Wind,
Dem fernen Gebirg' des Baches Schnelle,
Und dass wir bald wieder zuhause sind.

Bernhard Schader

Das Meer fein sauber, aber kühl

Grüße an die Daheimgebliebenen

... Ihr Lieben, zum ersten Mal an der weiten Nordsee. Ich sitze (viel Regen) im Strandcafé, rundum das Meer. Empfangt einen lieben Gruß! ...

Auf der Vorderseite drei kleine Fotos von Strand, Ortsstraße und Hafen, in der Mitte, zum Teil in Frakturschrift, „Gruß aus Nordseebad Voslapp".

... Die Fahrt war wunderschön. Mein Fahrrad hält sich tapfer ...

Drei Wochen wird er wieder unterwegs sein. Ein Auto hat er noch nicht, niemand aus der Verwandtschaft oder dem Kollegenkreis hat eines. Zu teuer, und er braucht ja auch keines, mit der Bahn und dem Rad kommt er überall hin. Der Marktplatz von Tauberbischofsheim, Kloster und Wallfahrtskirche Einsiedeln, der Hafen von Konstanz und das Konzilgebäude.

... Über dem Bodensee liegt strahlende Sonne. Seid alle herzlich gegrüßt ...

Grüße aus dem schönen Blaubeuren, Grüße vom Rheinfall bei Schaffhausen, Grüße aus Konstanz, aus Bregenz. Schwarzweiß-Karten.
Rechts oben in den Ecken: Theodor Heuss im Profil, weiß auf grünem Grund, Deutsche Bundespost, 10 Pfennig. Gelegentlich neben ihm das blaue Notopfer Berlin, 2 Pfennig. Martin Luther, 15 Pfennig, blau. Die Torhalle des Klosters Lorsch, braun, 20 Pfennig. Die Portogebühren steigen. Die Postkarten werden farbig.
Nach dem Norden bereist er Süddeutschland, die Schweiz, Österreich, Norditalien. Jeden Sommer zieht er los, manchmal auch im Winter.
Anfangs übernachtet er in Jugendherbergen, auch wenn die Zeit seiner Jugend lange zurückliegt.
Eine Frau, laut winzigem Textzusatz in Wiltener Tracht, Republik Österreich, rot, 1,45 Schilling. Panoramablick auf Kufstein und die Festung, dahinter das Kaisergebirge.

... Meine Lieben alle, ganz planmäßig ist bis jetzt die Fahrt verlaufen, ab Heidelberg 1.28 Uhr, an München 6.27 Uhr. Jetzt ist es 11.30 Uhr; da habe ich die Grenze bei Kufstein schon überschritten. Seid alle ganz herzlich gegrüßt! ...

Kapitel 1

Noch gibt es Grenzen in Europa, Schlagbäume, Warteschlangen, Ausweiskontrollen. Hinter jeder Grenze nicht nur meist eine andere Sprache, auch anderes Geld, andere Regeln.
Innsbruck, die Maria-Theresien-Straße mit der Annasäule, die Festung Hohenwerfen über dem Salzachtal.

… Die Fahrt im Zug ist herrlich, besonders ab Salzburg. Bis 1200 m klettert die Bahn hoch … Viele Seen habe ich schon bereist … Bei strahlender Sonne (seit Mittwoch) mit der Schwebebahn auf den Pfänder gefahren, 1070 m hoch, rundum freier Blick auf die Alpen und den Bodensee. Das ist einfach herrlich. … Habe herrliche Tage erlebt …

Blick vom Pfänder auf See und Seilbahngondeln, Blick auf den Vierwaldstätter See, den Zeller See. Großglockner-Hochalpenstraße mit Kaiser-Franz-Josefs-Haus und Großglockner.
Von den Karten aus der Schweiz sind die Marken abgelöst. Jemand wird sie gesammelt haben, eines der Kinder vielleicht.

… Geht es euch allen zuhause gut? …

Immer reist er allein. Nie macht er Urlaub mit seiner Familie, seiner Frau, einem Freund oder einer Gruppe. Immer reist er allein.
Vom Schwimmen berichtet er, vom Wandern, vom Rudern; Berge, Burgen und Aussichtstürme besteigt er, Seen scheinen ihn anzuziehen.

… Die letzten Tage sind recht unbeständig. … Das Meer ist z.Z. sehr wild … Jetzt kommt die Sonne, gleich bin ich draußen. …

Er lebt im Freien, in der Natur, am Strand, auf der Straße.

… Heute geht es im Nebel weiter … Das Meer fein sauber, aber kühl … Hoffentlich gibt's bald gutes Wetter zum Schwimmen …

Wenn er geschwommen ist, eine halbe Stunde vielleicht, was tut er dann? Liegt er am Strand, liest ein Buch, schreibt Karten? Er hat einen hellen Teint, bekommt schnell einen Sonnenbrand; immer schält sich die Haut auf seiner Nase, wenn er von seinen Fahrten zurückkommt. Kauft er nach seinen Wanderungen eine Zeitung, liest er sie abends beim Wein?
Liegt er im Liegestuhl, schläft, ruht sich aus? Sein Beruf ist nicht einfach, strengt ihn Jahr für Jahr mehr an. Er braucht seine Erholung.

Mit wem unterhält er sich? Unterhält er sich überhaupt mit jemandem? Will er einfach nur mit sich allein sein? Wenn daheim der Kirchenchor nach der Chorprobe in die Weinstube geht, freitags abends, geht er nachhause.
Venezia, Piazza San Marco, die Briefmarke fehlt. San Bartolomeo, passeggiata al mare. Wiesen und Seeufer am Faaker See. Pula, Strand. Bunte Bilder.
Das Mittag-, das Abendessen? Wo isst er? Im Biergarten? In der Jugendherberge? Ein nobles Restaurant kann er sich selten leisten – das Volksschullehrergehalt, die große Familie ... Vielleicht im „Wienerwald", der in keinem größeren Ort fehlt, mit dem überall gleichen rustikalen Interieur und dem überall gleichen Schnitzel? Sitzt er auf einer Kaimauer mit zwei Brötchen vom Bäcker, einer Frikadelle aus der Metzgerei und einem Apfel?
Was lockt ihn in die Städte? Was interessiert ihn? Architektur, Kunsthallen, Ausstellungen, Museen?

... herzliche Grüße aus Köln. Die Messe im Dom – sehr feierlich ... das Rathaus von Bremen, davor der Riese Roland ... das schöne Schloss Miramare und das See-Aquarium in Triest ... eine Fahrt durch den Canale Grande zum Lido ...

Flaniert er durch Innenstädte, ziellos, schauend und staunend – die letzten Kriegstrümmer, die neuen Gesichter der Straßen und Plätze, die Zeichen der neuen Zeit?
Als er jung war, ist er aufgebrochen in eine neue Welt, hat nach Handwerkerlehre und Gesellenjahren das Abitur nachgemacht – keine einfache Sache damals –, hat angefangen zu studieren. Keiner aus seiner Familie, seinem Freundeskreis, hatte jemals ein Gymnasium, eine Universität besucht.

... Meine Lieben, heute erlebe ich einen Höhepunkt meiner Fahrt ... Um 12 Uhr konnte ich die Grenze passieren ... Morgen erreiche ich, wenn das Wetter gut ist, mein Ziel ...

Die Grenzen, immer wieder die Grenzen.
Die Fahrt mit dem Pfarrer und einer Gruppe junger Männer, nach Paris, damals, im April 33. Friedensfahrt nennen sie es, Provokation für schwarzbraune Bürger mit ihrem Geschrei vom Erbfeind. Als die Nazis seine Versetzung erzwingen, tragen sie ihren „Abbé" auf den Schultern aus der Stadt.
Dann der Krieg, die Front in Afrika und Italien, Lazarett, Gefangenschaft.

... Ich sitze hier in einem lebhaften Grenzstädtchen bei einem Glas vino rosso ...

Ein paar Monate Schnellausbildung, eine Lehrerstelle. Die Gründung des Ortsverbands der neuen Partei – eines von acht Gründungsmitgliedern ist er, aber bald zieht er sich wieder zurück.
Verlobung. Hochzeit. Kinder.
Der Kirchenchor.

... Heute bin ich ganz planmäßig hier angekommen ...

Das Münster in Ulm, höchster Kirchturm der Erde. Schwarzweiß, mit gezacktem Rand. Strasbourg, La Cathédrale.

... Gestern, Sonntag, kam ich mit Regen und Gewitter in die Rattenfängerstadt Hameln ... Heute habe ich Hamburg erreicht und bleibe morgen noch hier in der Jugendherberge ... Am Freitag und Samstag bin ich sicher in Lübeck ...

Ein stilisiertes Posthorn, 10 Pfennig, grün. Mit seiner Frau und den Kindern könnte er solche Reisen nicht machen.

... Die Buben sind hoffentlich gesund zurück aus dem Zeltlager? Sind die Mädchen munter?...

Das Fahrrad tauscht er nach Jahren gegen ein Moped, viel später erst gegen einen Ford Taunus.

... Habe ein großes, sehr schönes Zimmer mit Bett und Couch, 2 Tische, Sessel ... fand mein Zimmer schön vorbereitet ...

Aus Jugendherbergsschlafräumen werden Pensions- und Hotelzimmer, für einige Jahre immer in derselben Pension in Kärnten.

... Bin vor zwei Stunden gut hier angekommen und wieder sehr freundlich aufgenommen worden ... Das Zimmer macht jetzt schon einen vertrauten Eindruck ... Bin wie immer freundlich empfangen worden.

Blick auf Villach, Wiesen, Felder, den Mittagskogel. Villach, Blick über die Drau auf die Hl.-Kreuz-Kirche. Villach, die Draubrücke.
Der Münzturm von Hall in Tirol, blau, 1,80 Schilling.
Ausflüge über die Grenze nach Italien, Abstecher nach Jugoslawien. Repubblica Italiana, 40, später 50 Lire. Das Profil von Marschall Tito, PTT Jugoslavija, 1,20 Dinar.

... In einem großen Pinienwald liegen um das Hotel-Hauptgebäude viele Bungalows versteckt ...

Zuhause die Familie immer größer, die Wohnung schon lange zu klein.

... Da kam noch gerade die Sonne hervor, die sich seit drei Tagen versteckt hatte ... Hier kann man wahrhaft „Ferien vom Ich" machen ...

Nie bringt er Fotos von seinen Reisen mit. Früher, vor dem Krieg, im Krieg, hat er gern fotografiert. Nachtaufnahmen von seiner Heimatstadt, der nächtliche Himmel Nordafrikas, die Sterne, die libysche Wüste. Bei einem Angriff der Engländer hat er seinen Fotoapparat verloren. Jetzt macht er keine Bilder mehr. Nur die Postkarten zeigen, wo er war.
Den Kindern erzählt er vom Sternhimmel Afrikas.

... Hoffentlich ist daheim alles in bester Ordnung ... Hoffentlich seid ihr alle so gesund und munter wie euer Vater ... Ich grüße euch alle nach einem schönen Wandertag und wünsche euch Gottes Segen zum Jahreswechsel ...

Schreibt er auch Karten an andere oder nur an seine Familie? Führt er ein Reisetagebuch?
Wann, wie oft sind seine Gedanken bei seiner Familie?

... Euch allen liebe Sonntagsgrüße... Deine Karte vom Freitag hat mich schon erreicht. Vielen Dank! ... Erwarte bald Post von euch ... Wenn ihr also am Dienstagabend oder Mittwoch früh Post aufgebt, erreicht sie mich wohl noch hier ...

Jeden Sommer ist er drei Wochen unterwegs. Würde er gern länger bleiben?

... Heute habe ich mein Fahrrad gedreht und bin wieder auf der Rückfahrt zu euch ... Morgen muss ich Abschied vom schönen Kärnten nehmen; es beginnt die Heimfahrt ... Jetzt geht es mit großen Schritten der Heimat zu ...

Aber noch ist der Sommer nicht vorüber. Nachmittags, nach der Schule und dem Mittagessen, wird er an den Rhein fahren und schwimmen, seinen Unterricht am Abend vorbereiten. Am Freitagabend der Kirchenchor. Samstags die Sauna. Sonntags um zehn das Hochamt mit Chorgesang.
Bald wird er die Winterreise planen. Ins Allgäu? Nach Wien? Wird es Schnee geben?
Nach Paris fährt er mit 65. Den Sternhimmel Afrikas sieht er nie wieder.

... Euch allen viele Grüße, bis bald, euer Vater ...

Kapitel 1

Hans-Walter Voigt

Wahlheimat

Du fragst nach der Farbe
für die Wolle, mit der du mir
den Schal stricken möchtest.

Du fragst nach dem Wein,
den wir am Abend meiner Ankunft
bei dir trinken werden.

Du schaust mich an mit großen Augen
und fragst nach meiner Liebe.

Bordeauxrot, erwidere ich,
alles Bordeaux!

Hasan Dewran

Die Felsfeige

Die Felsfeige,
von außen dunkelblau-violett,
im Inneren feuerrot-granat,
der honigsüße Geschmack,
ihr berauschender Duft –
unvergessene Frucht meiner Kindheit,
verborgen in schroffer Felsenwand in Himmelshöhen,
sie zu pflücken, dazu gehörte großer Mut,
sie dort zu lassen, erzeugte schwindelnde Unruhe,
das bedrängte Herz und Seele.

Felsfeigen,
honigsüßer Geschmack, berauschender Duft,
meine überwundene kindliche Angst
auf dem Weg zur Freiheit.

Kapitel 1

Manfred Klenk

Heimat beginnt so:

Ein Mensch ist immer
Irgendwo
Im kleinsten Ort
In sich zuhause.

Dort fällt der Kindheit Schimmer,
Jener gedämpfte Schein,
Gefühlsgetränkt von der Erinnerung
Dir in das Zimmerlein
Der Großhirnrinde.

Hier bin ich Mensch,
Dem Kinde gleich,
Nomade und sesshaft zuhause,
Plüsch-weich, irgendwo
Im Wort daheim – Heimat –

Schon kehren die Gedanken ein
In Stammwirts Oberstube,
Die von Diablos Malefiz befreit,
Am Ende der Milchstraße
Dem Ur vertrauend.

Ein kleiner Ort ohne Grenzstein,
Ohne jeglichen Besitz,

Ohne Projektion auf Macht:
Wohl dem, der nicht nur eine,
Der viele Heimaten
In sich zu Hause hat.

Bernhard Schader

Orvieto Underground

Orvieto? Ja hol' Sie der Teufel, dann fahren Sie doch, Sie wollen es doch endlich wissen!
Fahren Sie von Westen, von Bolsena oder Montefiascone aus, auf der Superstrada 71 in die Berge, am Nachmittag, wenn Sie die Sonne im Rücken haben, durch braun verbrannte Wiesen und lichterloh flammende Sonnenblumen- und Rapsfelder hinauf auf die Höhe.
Zwei, drei Serpentinen abwärts, schon liegt die Stadt auf grell ausgeleuchteter Bühne vor ihren Augen. Atemberaubend? Ja, nennen Sie es atemberaubend.

Mitten in einem weiten Talkessel ein steil ansteigender Hügel, darüber ein mächtiges Felsplateau mit schroff abstürzenden Wänden, eine Insel mit gewaltigen Klippen auf allen Seiten, darauf die Stadt, mit Kirchen, Türmen, Türmchen, Häusern, Dächern, Giebeln, Mauern bis dicht an den Abgrund, und über diesem Gewirr und Gewimmel, mit glänzender, glitzernder, gleißender Fassade, in der flirrenden Luft wie eine Fata Morgana schwebend: der Dom. Magisch. Verheißungsvoll.

Halten Sie nicht an, steigen Sie nicht aus dem Auto aus, machen sie keine Fotos. Fahren Sie weiter! Sie wollen es doch endlich wissen.

Hinunter ins Tal. In weitem Bogen um den Hügel herum führt Sie die Straße hinauf zur Altstadt. Lassen Sie den Wagen auf dem Parkplatz stehen und gehen Sie den Corso Cavour entlang, vorbei an den Obst- und Gemüseläden, Salamimetzgereien und Weingeschäften, an den Restaurants, den Bars, dem Theater ...
Haben Sie die großen Plakate gesehen?

Wenn Sie unbedingt wollen, kaufen Sie bei Lombardi ein paar Espressotassen – haben Sie nicht schon Espressotassen aus Triest und aus Havanna in ihrer Küche? –, aber dann kommen Sie, kommen Sie weiter. Blättern Sie meinethalben in der Libreria di Sette in italienischen Krimis, aber bitte nur kurz, verschwenden Sie nicht Ihre Zeit; die meisten haben Sie ohnehin schon auf Deutsch gelesen. Holen Sie sich beim Zeitungshändler gegenüber Ihre geliebte Süddeutsche oder die FAZ und dann gehen Sie bitte weiter, hinein in die Via del Duomo.
„Orvieto Underground" steht auf den Plakaten.

Nein, setzen Sie sich nicht mit der Zeitung in den Schatten eines Straßencafés, verschieben Sie das auf später.

Kapitel 1

Brauchen Sie mehr von Krisen und Katastrophen und Kriegen? Gehen Sie weiter – Sie wollen es doch wissen? – vorüber an den Schaufenstern der Mode- und Sportgeschäfte mit den zu eng geschnittenen italienischen Hemden, den Hüten, Bikinis und Sonnenbrillen, an den Auslagen der Händler mit ihren Schüsseln, Schalen, Tellern mit Blumenornamenten, den Plastikuhren, gefälschten Parfums und miserabel gedruckten Bildbänden.
Sie haben richtig gelesen, „Orvieto Underground".

Wussten Sie, dass Orvieto auf tausend Höhlen steht? Vielleicht auch auf ein paar hundert mehr, niemand weiß es genau. Der Tuffstein ist porös, alles Wasser versickert bis auf die Lehmschicht darunter. Die Leute mussten tiefe Brunnen graben. So fing es an. Es war einfach, der Tuff ist weich. Dann gruben sie weiter: Weinkeller. Lagerräume. Grabstätten. Kerker. Verstecke. Jedes Haus in der Altstadt hat seine eigene Höhle, manche zwei oder drei. In zweitausend Jahren bauten sie eine Stadt unter der Stadt.

Bleiben Sie doch bitte nicht stehen, gleich sind Sie auf der Piazza. Die einladend schön gedeckten Tische der Restaurants? Vergessen Sie sie, höllische Hitze staut sich am frühen Abend noch unter ihren Markisen.

Unter der ganzen Stadt überall Höhlen, Brunnen, Zisternen, Kavernen, Grotten, Gruben, Keller, Nischen. Vor-, hinter-, neben-, vielstöckig über- und untereinander. Dazwischen ein Labyrinth von Stollen, Schächten, Treppen, Gängen, Bögen, Pforten, Durchlässen, Wegen, Pfaden, Sackgassen, Geheimnissen.

Sie waren zuhause in ihren Häusern, in der Sonne, im Licht. Und sie lebten in ihrer zweiten Heimat im Untergrund, im Schatten, im Dunkel, wenn es ihnen droben zu heiß war. Zu unsicher. Zu bedrohlich, feindselig. Lebten in Sicherheit und in Angst. Keiner weiß, wie viele sich retten konnten dort unten vor Hitze, Unwettern, Gangstern, Soldaten.
Werkstätten. Wohnräume. Fluchträume. Überlebensräume. Geburts- und Sterbezimmer. Auch Schreckensräume. Mordräume. Folterkeller. Höllen.
Frauen, Männer, Freunde, Feinde – keiner weiß, wie viele darin verloren gingen. Körper, Gebeine, für immer vergessen im kühlen löchrigen Stein. Orvieto Underground.

Ja, die Gelateria Pasqualetti hat das beste Eis Italiens, aber jetzt bitte nicht, kommen Sie, bitte, kommen Sie doch.

Keine Säulen, keine Balken, keine Stahlträger. Nichts. Die Stadt steht auf nichts als Höhlen. Wie auf einem gigantischen Schwamm. Phantastisch? Ein Wunder? Die ganze Stadt! Diese Piazza – unter Ihren Füßen das Pflaster, und unter dem Pflaster nichts als Höhlen. Hohlräume. Luftblasen. Schwarzes Soufflé. Teufelswerk?

Dort drüben der Torre di Maurizio, ein alter Geschlechterturm. Ein einziger Zeiger nur an der Turmuhr, ein Pfeil, der die Ziffern durchbohrt. Auf dem Dach eine Glocke und die eiserne Figur eines Mannes, der mit dem Hammer die Stunde schlägt. Rechts der Palazzo Communale, auf der anderen Seite das archäologische Museum. Schenken Sie sich das, vertun Sie nicht noch mehr Zeit.

Jetzt sind Sie angekommen. Das ist er. Orvieto ist der Dom. Der Dom ist Orvieto.
Schauen Sie sich die Fassade an: Das Rad der Rosette, die Säulen, Pilaster, Türmchen, Giebel, die Quadrate und Dreiecke, die strenge Geometrie des Skulpturenfrieses, die spiegelnden schwarz-goldenen Mosaiken. Inmitten von allem das Opferlamm.
Und hier, die Wandreliefs: das Paradies – Eva pflückt die Frucht vom Baum der Erkenntnis –, die Propheten, das Ende der Welt. Sind sie nicht hinreißend? Diese Präzision! Die Leichtigkeit! Das zweite Wunder von Orvieto!

Erbaut wurde der Dom anlässlich eines mysteriösen Wunders in einer Kirche in der Nähe: Blut tropfte bei der Messe aus der geweihten Hostie. Teufelswerk auch das? Gewiss, heute misstrauen wir den frommen Berichten, lächeln über die alten Geschichten ...
Die heutigen Bürger der Stadt trauen noch immer ihren Höhlen, nur die unter dem Dom haben sie mit Beton gefüllt. Wenig Gottvertrauen beim Haus Gottes ...

Doch nun zögern Sie nicht länger, treten Sie ein. Das Mittelschiff, die Seitenwände: waagerechte schwarze und weiße Streifen, auch die Säulen, Sie kennen das aus Siena. Bitte bleiben Sie nicht am Taufbecken stehen. Ja, es ist prachtvoll! Die acht Löwen, auf denen es ruht – glänzend, großartig, aber das größte Wunder von Orvieto erwartet Sie in der Seitenkapelle.

Sind Sie sicher, dass Sie es wissen wollen? Wirklich wissen wollen? Dann kommen Sie, kommen Sie in die Capella Nuova. Sehen Sie sich das an: Die Fresken von Signorelli! Michelangelo staunte, war überwältigt.

Hier auf der Wand: Das Jüngste Gericht. Die Toten stehen auf, steigen aus ihren Gräbern. Manche haben erst einen Schädel, eine Knochenhand herausheben können, manche stecken noch bis zur Hüfte oder mit einem Bein im Boden, andere sind schon ganz und gar auferstanden, Menschen aus Fleisch und Blut geworden.

Auf der rechten Seite, erweckt von Posaunen, die Auserwählten, schöne, jugendlich nackte Menschen. Sie umarmen sich, tanzen, helfen sich gegenseitig aus der Erde, schauen mit verklärten Blicken nach oben, wo sie erwartet werden.
Grandios? O ja, grandios! Aber bitte: Seien Sie jetzt einen Augenblick still. Ganz still. Sie wollen es doch erfahren.

Hier auf der linken: die Verdammten, aus dem Todesschlaf gerissen durch das Plärren eines Widderhorns. Auch sie haben makellose Körper, edle Gesichter, schmale Nasen, feingliedrige Hände, muskulöse Arme und Beine. Auch sie: zum Verlieben schöne Menschen, begehrenswerter, verführerischer vielleicht, als sie in ihrem irdischen Leben je waren.

In ihren Augen aber der Horror. Teufel fallen über sie her, schleppen sie fort in immerwährende Nacht. Sie packen ihre Leiber, greifen sie an Armen und Beinen, an Händen, Füßen, Haaren, treten sie zu Boden, schleudern sie hoch, laden sie sich auf die Schultern, umklammern sie, legen ihnen die Hände um den Hals, würgen sie, tragen, zerren und schleifen sie weg.

Sehen Sie die aufgerissenen Münder, die flehend gefalteten Hände, die angstvoll gespreizten Finger?

Einer zwingt einen Mann auf die Knie, bindet ihm die Hände; ruhig erwidert er den entgeisterten Blick seines Opfers. Einer presst mit dem Fuß das Gesicht einer Frau in den Staub. Einer reißt einen Kopf an den Haaren zu Boden, einer schlägt seine Zähne in ein Ohr.

Teufel mit Engelsflügeln. Teufel mit Teufelshörnern, kahlen Schädeln, Teufelsfratzen. Die meisten aber mit menschlichen Gesichtern. Mit Menschenhänden und Menschenfüßen. Keine Krallen, Bocksbeine, Hufe. Menschenaugen, -nasen, -münder, -haare, -bärte. Das ist das Schrecklichste: dass sie Menschen sind, keine Monster.

Männer, hart arbeitend, angestrengt, aber nicht zornig, nicht strafwütig. Sie tun ihre Pflicht, konzentriert, kompetent, ohne Schadenfreude, ohne Hass, legen ihre Arme um die Nackten ohne Lüsternheit und Lust. Sie machen ihren Job, tun, was zu tun ist, zielgerichtet, effizient. Grüne, graue, violette Männer, nur die Farbe unterscheidet sie von ihren Opfern.
Ahnen Sie es?

Geflügelte rasen mit den Verlorenen durch die Luft. Mit wehendem Haar reitet eine Frau auf dem Rücken ihres Peinigers in die Finsternis. Zwei der Unglücklichen sind ihren Henkern im Flug entglitten, stürzen aus der Höhe hinab in das Chaos der nackten Körper.

Schließen Sie Ihre Augen. Hören Sie die Schreie? Riechen Sie die Angst?

Keiner wehrt sich. Nur wenige versuchen zu fliehen. In manchen Gesichtern steht Überraschung: Sie haben die alten Geschichten von Gericht und Verdammnis nicht geglaubt, tot ist tot, haben sie gesagt und gelacht. Und neben dem Grauen in den Augen aller das Wissen: Ich habe ein falsches Leben gelebt. Ich habe meine Zeit vertan. Jetzt geschieht, was geschehen muss.

Psssst! Schließen Sie Ihre Augen wieder. Schließen Sie die Augen.
Spüren Sie es? Psssst!
Jetzt wissen Sie es: Frauen, Männer, Körper, Gebeine ...
ein falsches Leben … Ihr falsches Leben …
Jetzt wissen Sie, wie es sein wird, wenn Sie der Teufel holt.
Es geschieht, was geschehen muss.
Orvieto Underground.

Kapitel 2

Zwischen Wurzeln und Weltoffenheit –

Heimat in der Ferne

Wanderlust	Björk – 2007
Wurzeln und Zweige	Gedicht Hasan Dewran
Giovanni aus Monterrone	Gedicht Manfred Klenk
Tentações. Versuchungen	Prosa Bernhard Schader
Manchmal	Gedicht Hans-Walter Voigt
Salamantica	Gedicht Manfred Klenk
Notate zu Salamantica	Manfred Klenk
Selina träumt	Gedicht Hans-Walter Voigt
Eine Nadel / Bir iğne (Deutsch/Türkisch)	Gedicht Hasan Dewran
Eine Nadel / Ju derjen (in Zazaischer Sprache)	Gedicht Hasan Dewran
Heldenreise. Altes Format	Prosa Bernhard Schader

Zwischen Wurzeln und Weltoffenheit –

Heimat in der Ferne

„Nostalgie“ heißt aus dem Griechischen übersetzt: „Heimweh“ – ein deutsches Wort, das mehr einschließt als eine von nostalgisch-überzuckerten, sentimentalen Gefühlen begleiteten Erinnerung – es steht wie kein anderes in enger Verbindung zum Begriff „Heimat“.

‚Kitsch‘ und der Gebrauch des Wortes ‚Nostalgie‘ sind zwei Seiten einer Medaille. Kitsch mag alles Negative und Unangenehme übertünchen für geraume Zeit. Nostalgie verklärt das Vergangene zu einem Ideal, in dem sich alle Konflikte und Widersprüche leicht entzerren, gar auflösen ließen. Doch karikiert sich der Gebrauch des Wortes ‚Nostalgie‘ selbst am besten in seinem Kernsatz: „Früher war alles besser“.
‚Heimweh‘ hat im direkten Bezug auf ‚Heimat‘ damit nichts gemein, obgleich es nahe liegt, an beiden Ufern von Kitsch und Nostalgie zuhause ist – wie Heimat letztlich auch.

Wen es aus freien Stücken in die Ferne zieht, dem möge die ferne Heimat Ruhe und Vertrautheit schenken. Wem die Fremde bereits zur Last geworden, sehnt sich nach einer baldigen Rückkehr.

„Ich rief die Heimat an,
sie war nicht zu Hause.“
(Hasan Dewran)

Kapitel 2

*„ … Ich fühle mich zu Hause,
Immer wenn das Unbekannte mich umgibt.
Ich empfange seine Umarmung
An Bord meines schwimmenden Hauses.*

*Wanderlust (Fernweh), unerbittliche Sehnsucht,
Wanderlust, zieh die Schichten ab,
Bis wir zum Kern kommen. –
Habe ich mir vorgestellt, dass es so sein würde?*

*War es so etwas, das ich mir gewünscht hatte?
Oder will ich mehr? –
Wanderlust von Insel zu Insel,
Wanderlust vereint in Bewegung.*

*Wunderbar, ich schließe mich dir an,
Wanderlust, Wanderland,
Kannst du ein Muster erkennen,
Kannst du?“*

(Björk – isländische Song-Schreiberin,
Sängerin, Komponistin: „Wanderlust“ – 2007)

Hasan Dewran

Wurzeln und Zweige

Ich bin eine Eiche
auf einem Hügel.
Über meiner Krone
liegt der weite Himmel.

Täglich bin ich unterwegs
von den Wurzeln zu den Zweigen.
Mit den Wurzeln dringe ich ein
in die Tiefe, in das Feste.
Mit den Zweigen gehe ich hinaus
in die Höhe, in die Breite.

Denke ich einmal an die Wurzeln,
so vergesse ich nicht die Zweige.
Und von neuem bin ich erfreut,
wenn in Berührung mit anderen
Zweigen sich neue Wege zeigen.

Ich bin eine Eiche
auf einem Hügel.
Über meiner Krone
liegt der weite Himmel.

Manfred Klenk

Giovanni aus Monterrone

Als schrieb er mit seinen Lippen
Gedichte, murmelnd, liedsummend,
den Mund ständig in sprachlicher Bewegung,
leise mit sich im Gesang selbst ermutigend.

Fünfzehnhundert Kilometer
fern der Sassi di Matera,
jene trichterförmige Hölle Dantes –
Christus kam nur bis Eboli.

Und er? Er kommt im Sonderzug
bis an den Rhein und die mit ihm gereisten
Legionäre, zur Arbeit willkommenen Gäste.
Giovanni Gedanken versunken,
das müde Haupt noch abschiedstrunken –
und allein. Am Hauptbahnhof

Im Passbild-Automaten geht es Schlag
auf Schlag, zur Schnellaufnahme
hinter abgewetztem Grau der Vorhang Schlitze,
Foto-Shooting für drei Mark, Staccato greller Blitze,
achtmal sein Konterfei, die Augen weit,
Manchmal geschlossen, noch immer sonnenverhaftet.

Ritorno a Matera? – Aber wann und wie?
Blicke streifen ohne Halt fragend: wo
sich dem amtlichen Wesen anzumelden?
Stempelabdruck auf dem Ab-Zug,
sein Mezzogiorno in den Dokumenten
auf Schienen gesetzte Melancholie:

L'Italia chiamò! Sì! – Nach Mannheim! (1960)

Bernhard Schader

Tentações. Versuchungen

Ein fliegender Fisch, grau-grün, mit gefächerter Schwanzflosse und gierig aufgerissenem Maul, auf seinem Rücken ein fußloser, froschmäuliger Reiter. In Hannas Sekretär hat er die Bilder entdeckt, in zwei mit marmoriertem Papier kaschierten Schachteln: Kunstpostkarten, farbig, schwarz-weiß, hunderte, manche schon alt und vergilbt. Die Karte in seiner Hand zittert. Er kennt den Fisch und den Mann, kennt sie aus seinen Träumen. Lissabon, steht auf der Rückseite in Hannas Schrift, Museu de Arte Antiga. Sonst nichts.
Ein Detail aus einem Gemälde, entstanden um 1500, findet er schnell heraus, die Internetseite des Museums zeigt es im Ganzen, unscharf und klein. Tentaçoes heißt es, Versuchungen.

Alles hat sich verändert, seit Hanna gestorben ist, aber lange hat er es nicht bemerkt, hat den schlaflosen Nächten keine Bedeutung beigemessen. Eine Zeit der Trauer, sagt er sich, sie werde vorübergehen, auch wenn der Schmerz bleiben werde. Schon am Tag nach ihrem Begräbnis sitzt er wieder am Schreibtisch.
Er arbeitet mehr denn je, und keiner im Präsidium wagt ihm vorzuschlagen, er solle kürzer treten. Jedem ist klar, dass er jetzt wieder vorantreiben und führen, sein Dezernat steuern muss, steuern wie einen Trawler, der sein Netz durch einen Ozean schleppt: sein legendäres, in mehr als drei Jahrzehnten geknüpftes Netz von Beziehungen und Kontakten zu Dienststellen und Ministerien, Parteien, Wirtschafts- und Presseleuten bis hinein in illustre und dubiose Welten und Halbwelten.
Hunderte von Killerhaien, Rochen und Barrakudas des internationalen Drogengeschäfts haben sich schon in seinen Maschen verfangen. Alle will er sie fassen, und wann immer einer von ihnen verurteilt wird, zu Jahren im Gefängnis, feiert er es mit Champagner. Erster Hauptkommissar Haifischfresser nennen sie ihn hinter seinem Rücken.
Lange schon sind ihm Ideen und Ideale der Anfangszeit verloren gegangen, wie Traumbilder, die noch beim Aufwachen hinter der Stirn tanzen und schon beim Rasieren zerfallen sind. Aber noch immer glaubt er daran, dass seine Arbeit getan werden muss, auch wenn er nach all den Jahren weiß, dass sie sinnlos ist: Für jeden Drogenring, den er mit seinen Leuten sprengt, sind, bevor der Prozess gegen die Täter auch nur begonnen hat, zwei neue entstanden.

Kapitel 2

Ob er nicht aufhören wolle zu arbeiten, hat Hanna ihn einmal gefragt, dann hätten sie mehr Zeit füreinander, und sie könnten eine lange Reise in den Süden machen. Sie war gern auf Reisen, war überall in der Welt zuhause. Verführerisch klinge das, antwortete er, aber sein Süden sei hier in ihrer Stadt, nirgendwo sonst. Er habe noch so viel zu tun in seinem heimatlichen Süden.
Er sei doch nicht etwa verflucht wie Sisyphos, der auf ewig den Stein weiterrollen müsse, wandte sie lächelnd ein. Hanna liebte Mythen und Geschichten; ihm selbst war diese Welt immer fremd, er ist nie einer gewesen, der sich mit einem Buch in die Ecke setzt.
Das sei kein Fluch, sagte er, es sei eine Herausforderung, der er sich stellen müsse.
Eine Versuchung wohl eher, meinte Hanna und sprach das Thema nie wieder an.

Als er nach Wochen wieder schlafen kann, kommen die Träume. Kopffüßler, Vogelmenschen, glotzäugige Fische, jede Nacht schrickt er auf, wenn sie ihn anstarren. Er geht früher ins Präsidium und später nachhause, fragt häufiger nach den Berichten seiner Leute, konferiert und telefoniert, entwickelt Pläne und schreibt Positionspapiere, verlangt Stellungnahmen und Antworten. Doch in den Nächten kommen sie wieder, widerwärtiger, mit größeren Augen.
Später kann er sich nicht mehr erinnern, wann er die ersten Schäden an seinem Netz bemerkt hat, ein oder zwei gelockerte Knoten, ein winziger Riss, mehr nicht. Jemand ruft nicht an wie vereinbart, ein anderer sagt ein Treffen ab, aus triftigen Gründen, ein dritter ist nicht erreichbar, er sei außer Haus, sagt die Sekretärin.
Einzelfälle, Zufälle vielleicht, aber sie werden mehr. Gespräche werden kürzer, Kollegen haben auf Wochen keine freien Termine in ihren Kalendern, kaum einer geht bei Meetings auf seine Vorschläge ein.
Was eigentlich mit ihm los sei, fragt Gerber.
Einer der Verlässlichsten aus seinem Dezernat meldet sich krank, andere gehen pünktlich nachhause, verweisen auf Überstunden. Er stellt sie zur Rede, erinnert, mahnt, drängt, flucht. Beim Mittagessen sitzt er allein.
Jede Nacht sind sie da: Stachelrochen, bocksbeinige, kopfstehende, fliegende, kriechende, fressende, würgende Fische, und er mitten unter ihnen. Unsinn, sagt er, wenn er morgens den schweißnassen Pyjama auszieht.
Gerber kommt in sein Büro. Er habe doch nur noch zwei Jahre zu arbeiten, ob er einmal daran gedacht habe, schon jetzt aufzuhören, jetzt sei er noch gesund und mobil, und das Leben sei kurz.
Nein, antwortet er, er werde bleiben. Seine Arbeit müsse getan werden.

In der Nacht darauf reitet er auf dem grau-grünen Fisch, will ihn zur Küste lenken, ins flache Wasser treiben, doch das Tier reagiert nicht auf den Druck seiner Schenkel, zieht ihn weiter und weiter hinaus ins Meer, bis sie geradewegs, mit Schwärmen silbriger Wolfsbarsche und großäugiger Thunfische, hineinschwimmen in ein gigantisches Netz. Schuppen und Zähne krallen sich in seine Haut, als sich die Maschen zusammenziehen, ihn und die Fische zu einem leblosen Ballen pressen. Nach Luft ringend wacht er auf.
Jetzt will er es sehen, muss es sehen, das ganze Bild. Er muss nach Lissabon.
Als hell, strahlend, lebendig hat Hanna die Stadt beschrieben, als gastfreundlich, einladend zum Verweilen. Doch die Bücher, die er findet in ihrem Regal, erzählen auch von gespenstischen Zeiten, von Menschen auf der Flucht, fehlenden Visa und teuer bezahlten Pässen, von Schiffen im Nebel am Ufer des Tejo, nach Amerika sollen sie auslaufen, aber wer weiß, ob und wann. Vage, diffuse, hundertfach enttäuschte Hoffnung Tausender Verzweifelter. Boa Esperança heißt eines von ihnen, Gute Hoffnung.

Gerber ist überrascht, als er ein paar Tage Urlaub verlangt – jetzt gleich! sofort! –, stimmt aber ohne Umschweife zu. Er wolle verreisen? So spontan? Was er in Lissabon wolle? Ein Bild anschauen, antwortet er, ein altes Altarbild.
Ein Bild? Warum?
Er zuckt die Schultern. Er will sehen, wie einer seine Träume hat malen können, vor 500 Jahren, will wieder Herr seiner Nächte werden und seiner Tage. Wie soll er das Gerber erklären?
Den Last-minute-Flug bucht er am Laptop, druckt das Ticket aus, packt ein paar Sachen. Das Hotel liegt nicht weit vom Hafen. Rua das janelas verdes, sagt der Portier, als er nach dem Museum fragt, Straße der grünen Fenster.
Eine Viertelstunde, dann ist er da, mit langen Schritten geht er über dunkles Parkett vorbei an Skulpturen und Gemälden durch vier, fünf, sechs Räume hindurch zum Saal 61. Dort steht, auf einem Sockel, das Bild, ein Triptychon, weit über zwei Meter breit. Tentaçoes. Versuchungen.
Bewegungslos, kaum atmend betrachtet er es, erkennt sie wieder, die schlangenzüngigen, spitzzähnigen Kreaturen seiner Träume, die Fische in der Luft und im Morast, den fußlosen Reiter, den Stachelrochen, die starren Augen.
Von dem grau-grünen Fisch kann er den Blick nicht mehr wenden, er starrt ihn an, Sekunde um Sekunde, bis endlich das Tier sich bewegt, das Bild kippt, nach vorn, ihm entgegen, die holzgetäfelten Wände, das Parkett, die Fische, alles sich dreht, ineinander stürzt, fällt. Er taumelt rückwärts, stolpert, sackt auf die Bank in der Mitte des

Raums, klammert sich an das Holz. Schweiß fühlt er auf seiner Haut, er zittert, minutenlang hält er die Augen geschlossen.
Nichts ist geschehen, als er sie wieder öffnet. Der Rochen hat keinen gestochen. Kein Maul voller Zähne hat zugeschnappt, keine Flosse hat sich bewegt. Der Mann ohne Füße sitzt auf dem Fisch wie seit fünfhundert Jahren.
Langsam kommt er wieder zu Atem.
Du bist tot, sagt er zu dem grau-grünen Fisch.
Museumsstücke sind sie. Überreste uralter Zeiten, Fossilien, gefangen in einem Bild, auf ein Podest gestellt und verstaubt.
Er steht auf und geht.

Alle Fensterrahmen sind grün, die ganze Straße entlang. Wie Dünung schwingt das Wellenmuster im Pflaster des Rossio. Am Brunnen auf der Südseite des Platzes taucht er Hände und Arme ins Wasser, wäscht sich das Gesicht. Dann geht er hinauf ins Chiado-Viertel, schaut hinunter auf den Hafen. Große Schiffe liegen am Ufer, der Tejo glitzert und gleißt, nie hat er einen so breiten Fluss gesehen. Vor dem Café A Brasileira setzt er sich an einen der Tische, bestellt Champagner, trinkt, beobachtet die Touristen. So sitzt er eine halbe Stunde, dann fasst er in seine Jacke und zieht sein Ticket heraus. Morgen muss er zurückfliegen.
Flüchtig liest er die Angaben zu Start und Ziel, Flugzeiten und -nummern, dann faltet er das Papier, längs und quer und über die Ecken, bis vor ihm auf dem Tisch ein Schiffchen liegt. „Boa Esperança" schreibt er auf die Steuerbordseite.
Über die rua Garrett geht er hinab in die Baixa, durch den Triumphbogen zur Praça do Comércio, die breiten Stufen zum Tejo hinunter. Dort setzt er das Schiffchen aufs Wasser. Einen Moment nur schaut er ihm nach, winkt, dann ruft er Gerber an.
Seinen restlichen Urlaub wolle er nehmen, sagt er, danach werde er nicht wiederkommen. Er habe seinen neuen Süden gefunden.
Deinen Süden?, fragt Gerber.
Ja, antwortet er. Er werde bleiben. Er habe seine Arbeit getan.

Hans-Walter Voigt

Manchmal

Ich lebe manchmal ganz allein
bis in die tiefe Nacht hinein
und weiß nicht, wer ich bin.
Mich zieht es immer wieder fort
an einen neuen fremden Ort,
doch weiß ich nicht, wohin.

Ich seh noch nachts die Blumen blühen,
wenn schon am Zelt die Sterne glühen
und trink im Dämmern ihren Tau.
Es schweben Träume über Matten,
gepaart mit Stunden, die wir hatten
in Sommernächten, lau.

Ich fühl den Hauch auf meinen Wangen,
den du mir gabst, die Worte klangen
so zart verrauscht, verklärt.
Einzig der Duft der Blütenkelche,
ich weiß es heute nicht mehr, welche,
ist das, was blieb, sich jährt.

Der Vogel, der am Morgen sang
zum jungen Tag, der da begann,
ist längst schon tot.
Ich hör ihn noch mit seinem Trillern
auf jenem Baum im Blütenschillern
im Morgenrot.

Kapitel 2

Die Zeit legt vieles in den Korb.
Ich sammle es, dann werf ich´s fort,
bevor der Wind es mal verweht.
Ich weiß nicht, was die Worte wiegen,
die einmal in die Ferne fliegen,
wenn einer von uns geht.

Die Wälder werden leise singen
Choräle, die im Nebel klingen.
So farbig tanzt das Laub.
Jedwedes Wort wird Fährten finden
und neue Wörter an sich binden,
wenn alles nur noch Staub.

Ich lebe manchmal ganz allein
bis in die tiefe Nacht hinein
und weiß nicht, wer ich bin.
Mich zieht es immer wieder fort
an einen neuen fremden Ort,
doch weiß ich nicht, wohin.

Ich lebe manchmal ganz allein.

Manfred Klenk

Salamantica

Immer nahe bei dir,
Und oft zu weit entfernt
Von deinen lauen Sommernächten
Am Rio Tormes, Schlagader des Hauptes,
Frisches Blut dem Herzen der Stadt.

Immer nahe bei dir,
Auf der Puente Romano,
Der Liebenden Brücke, zu endlosen Wegen
Über Wiesen Alleen, wo dein Lazarillo
Noch immer zuhause sich wähnt.

Der singende Vogel
Frei ihren Flügeln sich nähert,
Dem sie in lauschiger Stunde dort
Heimliche Gaben bereitet, ihm erzählt
Von der Casa de las Conchas.

Die Siesta
In schattiger Stille, die Höfe,
    Gärten im Innern,
Huertas – Cabinas del amor
Erwärmend und kühlend zugleich.

Des Sommers Fiesta
Auf der Plaza Mayor
Verjüngt jeden Tag spät in die Nacht –
Wär‘ nicht das Auge sonnenhaft,
Salamanca, por favor.

Manfred Klenk

Notate zu „Salamantica“

Salamantica:
antiker Name der Römer für Salamanca am Rio Tormes, Hauptstadt der Provinz Salamanca in der autonomen spanischen Region Castilla y León.

Puento Romano:
Römische Brücke (teilweise aus dem 1. Jhdt.) über den Rio Tormes in Salamanca.

Lazarillo de Tormes:
Typus eines Antihelden aus dem anonym 1552 in Spanisch veröffentlichten Roman *„Das Leben des kleinen Lazarus vom Tormes und von seinen Geschicken und Widrigkeiten“* - vergleichbar mit Romanfiguren wie *Till Eulenspiegel* (anonym), *Don Quijote* (Cervantes) und *Simplicissimus* (von Grimmelshausen).

Casa de las Conchas:
Haus der Muscheln in Salamanca, erbaut 1493 bis 1517, ist von mehr als 300 Jakobsmuscheln geschmückt, dem Symbol der Pilgerschaft nach Santiago de Campostela.

Plaza Mayor:
Hauptplatz im Zentrum Salamancas, gilt als der schönste Platz in Spanien. Wegen ihrer Loyalität im Spanischen Erbfolgekrieg machte ihn Philipp V. im Jahre 1729 der Stadt zum Geschenk.

Hans-Walter Voigt

Selina träumt

Er sitzt da
und schaut hinaus.
Die Tage werden bleicher,
elfenbeinfarben, weißgrau.

Selina bringt den Kuchen.
Bei uns ist es jetzt wärmer,
meint sie und stellt
ihm den Teller hin.

Er lächelt,
ihre tiefbraunen Augen
glänzen still - und draußen
liegt schon der Schnee.

Wie schön
diese Flocken,
die kenne ich nicht,
sie fallen so langsam.

Sie fliegen
wie Federn des Truthahns
wie flaumige Federn,
wenn er gerupft wird.

Lächelnd
schließt sie die Augen
und schweigt.

Wundervoll weiß
wiegen die Zweige der Tannen,

und die Eiszapfen,
sie brechen

schon bald
von den Rinnen der Dächer.
Selina träumt.

Kapitel 2

Hasan Dewran

Eine Nadel

Eine Nadel fiel ins Heu,
ging verloren.
Ein Tropfen fiel ins Meer,
ging verloren.
Ein Haar von deinem Zopf
fiel mir in die Hand,
blieb Andenken für Jahre.

***

Bir iğne
(in türkischer Sprache)

İğne düştü samanlığa yitti.
Damla düştü denize yitti.
Bir tel düştü saçlarından elime,
oldu yıllar hatırası.

***

Hasan Dewran

Ju derjen
(in Zazaischer Sprache)*

Ju derjen gıneve mereke ro,
biye vindi şiye.
Ju dılapa gıneve dengız ro,
biye vindi şiye.
Porê tora ju muye
kotera ve destê mı,
biye yadigarê seru.

***

* Die **Zaza-Sprache,** auch **Zazaisch (Zazaki)**, ist die Sprache der Zaza in der östlichen Türkei und findet sich im oberen Talabschnitt des Euphrat. Die Anzahl ihrer Menschen, die diese Sprache beherrschen, wird auf zwei bis drei Millionen geschätzt. Sie wird vor allem in Ostanatolien gesprochen, Das Zazaki gehört zum westiranischen Zweig der indogermanischen Sprachen.

Kapitel 2

Bernhard Schader

Heldenreise. Altes Format

Stell dir das einmal vor, sagt der Leser: mit einem Floß! Damit kannst du einen Fluss hinunterfahren oder über eine kleine Bucht schippern, bei ruhigem Wetter, aber doch nicht raus aufs Meer! Aber der macht das. Er baut sich aus zwanzig Baumstämmen ein Floß, setzt ein Segel darauf und fährt damit übers offene Meer. Kannst du dir so etwas vorstellen? Der Mann begibt sich in tödliche Gefahr.

Ein Held auf tollkühner Fahrt. Heldenreise. Uraltes, klassisches Format. Am Anfang steht das Motiv, die Aufgabe, die Berufung: den Drachen bekämpfen, die Jungfrau befreien, die Stadt der Feinde zerstören. Schicksal und Pflicht lassen dem Mann keine Wahl, er muss die Reise antreten. Unerhörte Abenteuer erlebt er, leidet und triumphiert, entgeht dem Tod um Haaresbreite, erhält unerwartet Hilfe bisweilen, und wird er selbst, indem er über sich hinaus wächst. Bei seiner Rückkehr – er kehrt immer zurück! – ist er gereift, zum Helden geworden, zum strahlenden Mittelpunkt eines großen Mythos.

Der Mann also mit seinem Floß auf hoher See. Es kommt, wie es kommen muss: Er segelt mitten hinein in einen Orkan, Sturm und Wellen zertrümmern das Gefährt, gerade noch kann er sich an einem Balken festhalten. Er schwimmt und schwimmt, schwimmt tagelang, an das Holz geklammert, und denkt schon, das war's.

Da sieht er etwas am Horizont. Keine Halluzination: eine Insel, irgendwo am *Ende der Welt.* Mit Glück und göttlicher Hilfe wird er ans Ufer gespült.

Jetzt liegt er am Strand, halbtot vor Angst und Wasser in der Lunge, kommt aus dem Spucken und Würgen kaum mehr heraus, hat keine Ahnung, wo er sich befindet, und als er endlich den Sand aus Hals und Mund gehustet und aus der Nase geniest, das Salz aus den Augen gerieben hat, den Kopf wieder heben kann, gerade genug, um ein paar Schritte nach vorn zu schauen, sieht er vor sich – stell dir das einmal vor! – lauter knackige junge Mädchen. Wieder keine Halluzination, tatsächlich sechs, acht junge Frauen. Sie spielen am Strand, halbnackt, Beach-Volleyball antik. Gleich kommt unser Held wieder zu sich, mit Frauen kennt er sich aus, schon redet er los: Göttinnen, strahlende, Schönheiten, himmlische, und dergleichen klassisches Süßholz. Die Mädchen laufen kichernd davon, nur die schönste bleibt stehen, mit leuchtenden Augen, und im Handumdrehen hat er Asyl. Ganz privat, tief im Herzen der Königstochter. Nausikaa, weißarmige!

Ist es nicht unglaublich?, sagt der Leser. Fantastische alte Story. Der Held entrinnt dem sicheren Tod.

Das war nicht hier, das war auf einer anderen Insel. Aber hier war er auch. Odysseus war hier. Es steht nicht ausdrücklich bei Homer, aber die Inselbewohner wissen es. Odysseus war hier, keine Frage.
Alle waren hier. Griechen, Römer, Phönizier, Sarazenen, Italiener. Seeräuber auch. Und die Wehrmacht. Sie liegt einfach günstig, die Insel, und einige sagen, sie sei bis heute Station mancher Heldenreise.
Heldenreise heute? Stoffe unserer Zeit im antiken Format?

Versuchen wir es: Der Inselstrand liegt voller Schiffe, sagen wir Boote, kleine hölzerne Boote. An der Küste kann man mit ihnen entlangschippern, ein paar Fische fangen vielleicht, aber nicht hinausfahren aufs offene Meer.
Hat er aber gemacht. Nicht Odysseus, der andere, vor knapp zwei Jahren. Muss man sich mal vorstellen, mit so einem Boot!
Ein Schriftzug am Bug. Man kann ihn nicht lesen, arabische Schrift, auf der Insel schreiben sie nicht arabisch. Von Libyen ist er gekommen oder vielleicht von Tunesien. Es sind ja nur hundertzwanzig Kilometer von Afrika herüber, so weit ist das nicht. Trotzdem, hundertzwanzig Kilometer, mit so einem Boot ...
Noch weiß man nichts über sein Motiv. Ansonsten das gleiche Muster: Ein Mann auf der Reise begibt sich in große Gefahr.
Nicht er allein, es waren achtzig andere in dem Boot oder hundert, genau weiß das keiner. War wohl recht eng an Bord.
Es kommt, wie es kommen muss: Nicht genug Diesel für den Motor, das Boot treibt im Meer, nicht weit von der Insel. Eine kleine Bö, eine große Panik, alle springen auf, der Kahn kentert.
Der Mann kann schwimmen, zum Glück, die Hälfte der anderen nicht, dramatische Szenen! Er schwimmt und schwimmt, wird ans Ufer gespült, spuckt und würgt und hustet, und als er endlich den Kopf wieder heben kann, sieht er vor sich lauter stramme Polizisten. Stell dir das einmal vor: vierzig, fünfzig Polizisten am Strand! In Uniform!
Immerhin: Der Mann entrinnt dem Tod mit knapper Not. Moderner Stoff, altes Format – es scheint möglich. Allerdings: keine Königstochter.

Zurück zu der Insel in der Antike, am nächsten Tag im Königspalast. Die Königin sieht ihn mit freundlichen Augen, sagt zum Gemahl: Der Fremde braucht Hilfe. Schon hat er auch offiziell Asyl und sitzt an der königlichen Tafel. Silberbeschlagener Sessel, feinstes Menu, erlesener Wein, rundum die Fürsten der Insel. Erst einmal

essen und trinken, ausruhen, Gesang zur Harfe, dann erst fragen sie ihn: Woher, wohin, warum? Er erzählt. Lange Rückblende: Troja, Polyphem, Kirke, Kalypso.
Ihr Götter, sagt der König, was für ein Schicksal!
Später ein Bett, im größten Zimmer des Hauses. *„Fremdling, gehe nun schlafen; dein Lager ist schon bereitet."*
Doch zuvor ein Gespräch mit dem König unter vier Augen: Was planst du? Was brauchst du?
Ein Schiff, antwortet er, je eher, desto lieber, ich will endlich nachhause zu meiner Frau.
Kein Problem, sagt der König, im Schiffsbau sind wir die Größten.
Heldenreise: Rettung und großmütige Hilfe.

Der andere: Einen Asylantrag darf er stellen, im Auffanglager, gleich hier auf der Insel. Kunststoffstuhl, Kantinenmenu, um ihn herum tausend Lagerbewohner. Ein Bett, ein Dach überm Kopf. Ein großer Zaun, Soldaten davor.
Dann wird er befragt: woher? Somalia, sagt er, gibt seine Fingerabdrücke für die Datei der EU, bekommt Papiere. Wird aufs Festland gebracht, irgendwo unten im Süden, darf ein halbes Jahr wohnen im Flüchtlingszentrum, dann muss er raus.
Der Asylantrag läuft, entschieden ist nichts, im Land darf er vorläufig bleiben. Keine Sozialhilfe, kein Hartzvier, in Italien bekommen sie keinen Cent.
Er will nach Rom. Irgendwie kommt er hin, wohnt – stell dir das einmal vor! – in der somalischen Botschaft, der gewesenen Botschaft, jetzt ein besetztes Haus, Somalia braucht keine Botschaften mehr. Mehr als hundert Bewohner, Schlafplatz in der Garage, Kartons als Matratze. Kein Job, kein Geld, von der Kirchengemeinde das Essen. Eines Nachts Polizei, das Haus wird geräumt. Er zieht um: altes Bürogebäude, abrissreif, 500 Leute. Löchrige Schaumstoffmatratze, kein Strom, kein Wasser. Dusche, Toilette – frag' lieber nicht.
Asyl endlich gewährt? Wer weiß? Er hat keine korrekte Adresse, also bekommt er auch keinen Brief mit einem Bescheid.
Rettung und Hilfe? Na ja, sagt der Leser, na ja.

Kurz darauf auf der Insel: Ein Schiff bekommt er vom König, ein neues, gerade erst gebautes, 52 Ruderer dazu, topfitte junge Männer aus gutem Haus, Verpflegung und Wasser, noble Geschenke. *Kein Fremdling, der Schutz in meinen Wohnungen suchet, harret lange mit Seufzen.*
Großes Geleit zum Hafen, Umarmung, gute Reise, viel Glück! Ein inniger Dank, eine Träne im Auge, ach, Nausikaa, schöne, ach, strahlender Held!

Neuer Aufbruch und neue Hoffnung. Klassische Heldenreise.

Weiter in Rom: Kein Problem, sagt der Mann mit dem großen Auto, ich bringe dich rüber nach Deutschland. Einen Job gebe ich dir auch und eine Wohnung dazu. Germania è bella!
Er sitzt im Transporter, im Laderaum hinten, drei andere dabei. Keine Kontrolle am Brenner, keine in Kiefersfelden, avanti!
Die Wohnung – na schön, sieben andere wohnen auch schon darin. Ein Job im Restaurant: Ratskeller, feines Essen, anständiger Wein, nicht ganz billig, aber Qualität. In der Küche Reste vom Teller kratzen, kurz abspülen, rein in die Spülmaschine. Hinterher Küche putzen. Plastikhandschuhe, Plastikschürze, 11 – 24 Uhr, sieben Tage die Woche.
Er ist gut besucht, der Ratskeller, ein großer Garten dabei, also: Los, los, du machen Tempo!
Und: Du immer aufpassen, wenn Polizei, du illegal hier in Deutschland!
Am Ende des Monats gibt ihm der Chef einen Hunderter, unter vier Augen.
He, sagt unser Mann, das ist wenig.
Moment, sagt der Chef, du hast ja auch Abzüge: Fahrtkosen, von Rom hierher, mehr als zwölfhundert Kilometer, mit Risikozuschlag, was glaubst du, was die gemacht hätten mit mir, wenn sie dich erwischt hätten an der Grenze, du illegal, mein Risiko enorm!
Zweitens dein Essen, jeden Tag in der Küche.
Drittens die Wohnung. Die Mieten sind hoch, attraktive Stadt, Flughafen und ICE-Bahnhof, Schulen und Universität, Schloss, Stadion, Parks, zwei Flüsse – ist einfach teuer hier, was soll ich machen?
Betrug, sagt unser Mann, und der Chef sagt: Kannst ja zur Polizei gehen.
Nur die Chefin sieht ihn mit freundlichen Augen, schönen Augen, und manchmal bekommt er Asyl, rein privat, für zwei Stunden, schwarzer Mann in den Armen der weißen Frau. Angelika, solariumgebräunte!
Es kommt, wie es kommen muss: Der Chef kommt dahinter, die Ausländerbehörde kommt dahinter, die Polizei kommt frühmorgens.
Kein Fremdling harret lange mit Seufzen, dass man zur Heimat ihn sende ... Aber nein, keine Abschiebung nach Somalia! Das wäre inhuman! Aber ja: Jeder Asylbewerber muss bleiben, wo er eingereist ist. EU-Verordnung! Also: Zurückschiebung. Großes Geleit bis Airport Rhein-Main, ein Flugzeug, gute Reise! Avanti, nach bella Italia! Keine Ruderer, keine Geschenke.
Mal seh'n, wie das ausgeht.

Kapitel 2

Schnell zu Ende erzählt ist die alte Geschichte: Der Held kommt nachhause, räumt auf mit den Freiern. Die Gattin entzückt: Willkommen mein Liebster, was hab' ich gewartet, was hab' ich gehofft und geweint! Große Umarmung, die Story zu Ende, glückliche Rückkehr des strahlenden Helden.
Nach zwanzig Jahren, sagt der Leser und reibt das Salz einer Träne aus seinem Auge, stell dir das einmal vor! So eine schöne alte Geschichte!

Der andere, wieder in Rom: besetztes Haus, löchrige Matratze, Essen von der Kirche. Ein Mann mit Auto, ich bring dich nach Wien, Austria braucht dich. Keine Kontrolle am Brenner, keine Chefin mit schönen Augen. Wohnung für neun Personen, Job in der Küche, Trattoria Bologna, beliebt bei Touristen, vorzüglicher Wein. Die Polizei kommt spät abends, avanti, Rückkehr nach Rom.
Im Jahr darauf nach Paris. Restaurant am Jardin Luxembourg, Polizei, Flugzeug, avanti.
Glückliche Ankunft? Strahlender Held? Moderner Mythos?
Musst du dir einmal vorstellen, sagt der Leser, keine entzückte Gemahlin, keine Umarmung, keine Träne, noch nicht mal ein tragisches Ende, die Story geht immer nur weiter – so eine dumme Geschichte!

Zitate (kursiv): Homer, Odyssee, 6. und 8. Gesang. Übersetzung: Voß

Kapitel 3

Flucht, Vertreibung und Exil –

Heimatverlust

„Baraye" – Song von Shervin Hajipour	Iran, Sept. 2022
„Tut das Unnütze"	Zitat von Günter Eich, 1951
Zuflucht	Gedicht Manfred Klenk
Migration.Emigration.Integration	Aphorismen Hasan Dewran
Niemandsland	Gedicht Hans-Walter Voigt
Geschlossene Gesellschaft	Gedicht Manfred Klenk
Go down, Moses	Prosa Bernhard Schader
Tropfnass	Gedicht Hans-Walter Voigt
Wir und wir	Gedicht Hasan Dewran
Biz ve biz / Ma u ma	in Türkischer/Zazaischer Sprache – Hasan Dewran
Kein gutes Gefühl	Prosa Bernhard Schader
Zum Schweigen verdammt	lyrisches Notat/Manfred Klenk
Unter dem Meer	Gedicht Hans-Walter Voigt
Infernalischer Krach	Prosa Bernhard Schader
Wieviel Heimat	Gedicht Hasan Dewran

Flucht, Vertreibung und Exil

Heimatverlust

Krieg. Flucht. Exil. So geht es immer, so geht es weiter … ohne Ende.
Wer niemals seine Heimat verlassen musste, weiß nicht, was es heißt, jeden Tag neu zu beginnen, jeden Tag als Migrant in der Fremde.

…

Situationen, in denen man nur nach vorne schauen darf oder muss. Wenn man das nicht schafft, dann gelingt es auch nicht, ein neues Leben im Exil aufzubauen.

…

Heimat lässt sich nicht denken ohne Freiheit, Gleichheit und Gerechtigkeit. – Das Wort ‚Heimat', das ich so oft erwähne, tut mir im Herzen und auf der Zunge weh. –[*3]

…

[*3] (Zitate von Geflüchteten aus Syrien, die 2016 nach Deutschland gekommen und seit 2018/2020 in Berlin beruflich fest verankert sind.)

Kapitel 3

Innere Emigration –

Die Heimat verloren im eigenen Land

Song von Shervin Hajipour
„Baraye“

FÜR …*
Zum Tanzen auf der Straße
Wegen der Angst, sich zu küssen,
Für meine Schwester, deine Schwester, unseren Schwestern
Für den Wechsel aller Werte
Wegen der Schande, wegen der Armut
Für die Sehnsucht nach einem normalen Leben
Wegen der Kinder, die in Müllcontainer wühlen, für deren Wünsche
Wegen der korrupten Wirtschaft
Wegen der Luftverschmutzung
Freiheit
Für Valiasr und seiner trockenen Bäume
Wegen Pirooz und sein mögliches Aussterben
Für die verbotenen umherstreunenden Hunde
Wegen der unaufhaltsamen Tränen
Wegen Wiederholung solcher Momente und Bilder
Für ein lachendes Gesicht
Für die Studierenden, für die Zukunft
Wegen des aufgenötigten falschen Paradies-Versprechens
Für diejenigen, welche im Gefängnis sind
Für die afghanischen Kinder
Für das wiederholende FÜR
Wegen all‘ der leeren Slogans
Wegen dem Schutt der billigst gebauten städtischen Häuser
Für den Seelenfrieden
Freiheit
Für die Sonne nach den langen Nächten
Wegen der Beruhigungspillen und Schlaflosigkeit
Für den Menschen, das Heimatland und seine Gemeinschaft
Für das Mädchen, das sich wünschte, ein Junge zu sein
Für die Frau, das Leben, die Freiheit
Für Freiheit – für Freiheit – für Freiheit

(Iran, September 2022)

*Übersetzung aus dem Persischen (Farsi) von Narinim – Oktober 2022

*… „Tut das Unnütze, singt die Lieder,
die man aus eurem Mund nicht erwartet!
Wacht darüber, daß eure Herzen nicht leer sind,
wenn mit der Leere eurer Herzen gerechnet wird! …*

*Günter Eich, TRAUM 5 aus dem
Hörspielzyklus „Träume"
(19. April 1951 NWDR), als Buchausgabe
1953 im Suhrkamp Verlag veröffentlicht.*

„... Bergaufwärts gerollt
die Steine
werden Quelle und Brot ...“

(aus Sisyphus*, Hilde Domin, 1974)

Manfred Klenk

Zuflucht

Aktiviertes Leben im fremden Land,
Neu beginnen, immer wieder von vorn
Anfangen, in die Wiege gelegt wie der Ball
Dem Kind zum Spiel, zu verdrängen,
Vergessen, was in Träumen es plagt.

Atems schwere Last füllt
Das Schweigen, im Schein des Mondes
Zu Boden fällt der Spielball der Kindheit,
Der längst zum harten Brocken,
Zu Stein geworden.

Sprachwolkenzüge folgen Vaters* Heimat,
Geballten Fels Tag für Tag bergauf,
Landab zu tragen, wie eine Strafe aus Urzeiten,
Nachts in der Ferne das Zuhause suchend,
Umherwandernd zwischen den Welten.

**Sisyphus, Vater des Odysseus – gemäß dem „gründlichen mythologischen Lexicon“ des Benjamin Hederich, deutscher Lexikon- und Lehrbuchautor (1675-1748)*

Hasan Dewran

Migration. Emigration. Integration.
Wie soll man sich nach außen
integrieren, wenn man innerlich
zerrissen ist.

***

Alle Wege führen nach Rom –
Aber nicht alle zurück!

Hans-Walter Voigt

Niemandsland

Menschenverlassen.
Verwaiste Spuren
längst vergessener Tage.

Mythen ranken
wie wilder Wein
an verrosteten Zäunen.

In den Gedanken lodern
schon wieder Herbstfeuer
knisternd auf Äckern,
Rauch steigt auf
zum Himmel
bronzefarben.

Unter mir
Schollen, frisches Erdreich,
vermischt mit dem Dung der Pferde.
Das Stampfen der Hufe,
der Pflug zieht Furchen
in Niemandsland.

Verwaiste Spuren
längst vergessener Tage,
Vergangenheit.

Manfred Klenk

Geschlossene Gesellschaft

Gelobtes Land in weiter Ferne,
Gelobt, was auserwählt erscheint.
Es führen Schleusers dunkle Fährten
Durch Nacht der Obdachlosigkeit.

Gejagt durch Wüstensand und Dürre
Im Feuerdampf, Geröll und Mauerschutt,
Sturmgepeitscht durch Meereswogen
Im kleinsten Boot der Einsamkeit.

Am Ufer scharren Grenzsoldaten,
Der Freiheit Stacheldraht zum Greifen nah.
Dir heimatlose Fremde schutzbefohlen,
Dein Recht zu bleiben? –

Nein, nicht hier!
Nicht in Arcadia!
Alle Zimmer schon belegt!
Kein freies Fremdenzimmer!

Gelobtes Land in weiter Ferne,
Gelobt, was auserwählt erscheint.
Es führen Himmels winkend Sterne
In Containers Dunkelheit.

Bernhard Schader

Go down, Moses

Drei Männer an einem Fluss. Groß gewachsen alle drei, alle drei nicht mehr jung. Der eine in Arbeitskleidung, einen langen Stock in der Hand, der zweite im edlen Outfit. Der dritte irgendwo am Rand.
Der mit dem Stock redet und redet. Der Edle sagt nein.
Der erste spricht weiter, der andere schüttelt den Kopf.
Der erste redet und gestikuliert, der andere schaut auf den Fluss und lacht. Der dritte stammelt zwei Worte.
Der mit dem Stock sagt: Wir wollen weg von hier. Der andere sagt nein.
Da nimmt der in der Arbeitsmontur seinen Stock in beide Hände, hebt ihn hoch über den Kopf, streckt sich, holt aus, lässt den Stock herunterzischen und schlägt auf die Wellen, dass es spritzt. Augenblicklich färbt sich das Wasser rot. So weit die drei schauen können: alles rot. Als schäme sich der Fluss.
Das Rot wird kräftiger, dunkler. Dann sehen sie: Das ist kein schamrotes Wasser. Es ist Blut. Von einem Ufer zum anderen: Blut.
Schnell kommt die Nachricht: Von den Quellen bis zur Mündung, in allen Nebenflüssen und Kanälen, in jedem Teich, jedem Tümpel, jedem Brunnen im ganzen Land: Blut. Die Fische sterben, die Brühe stinkt, keiner wagt mehr zu trinken. Ein hartes Los für ein heißes Land. Ein harter Schlag für einen harten Mann.
Aber es hilft nichts. Der noble Mann sagt: Nein. Zurück an die Arbeit. Ziegel herstellen. Mehr als bisher.
Peitschen knallen. Auf geht's! Los, los!
Der Fluss heißt Nil. Der noble Mann heißt Pharao.

Gut gemacht, die Story, mein Lieber, tolle Effekte – ein Fluss voller Blut, darauf muss man erst mal kommen. Und deine Figuren, der mit der hölzernen Zunge und sein beredter Bruder mit dem Stock, zwei no-names gegen den Gottkönig der Supermacht – genial! Knallharter Konflikt, Sklaven gegen upper-class, das gibt Dramatik, Alter, das lesen die Leute noch in Jahrhunderten.
Ich habe auch eine Story – interessiert sie dich?

Eine Frau und ein Mann an einem Fluss. Hinter ihnen eine Hauswand, für sich alleine stehend, ein schwarzes, glasloses Fensterloch, Betonbrocken, Schutt. In einem Auto drei Kinder, keines von ihnen schreit, keines spricht. Zwischen den Trümmern auf der Straße ein Karren. Vier andere Männer schieben ihn, Atemschutzmasken vor dem Gesicht. Auf dem Karren blaue Planen, darunter zwei, die jung waren oder alt, gesund oder krank, die ge-

gessen haben und getrunken, geredet, gesungen, gelacht, die geliebt wurden oder gehasst. Bis gestern. Bis die Flugzeuge kamen.
Wir müssen die Stadt verlassen, sagt die Frau zu ihrem Mann.
Die Stadt heißt Mossul. Der Fluss heißt Tigris.
Nächste Szene: Männer an diesem Fluss, in schwarzen Kampfanzügen, in einer langen Reihe nebeneinander stehend, Gewehre in ihren Händen. Vor ihnen andere Männer, in orangefarbenen Overalls, in einer langen Reihe nebeneinander, auf Knien, die Hände auf den Rücken gefesselt. Noch eine Minute, dann liegen sie auf der Erde. Nur wenig Blut fließt.
Sie wollten Mossul verlassen, sagt einer von denen im Kampfanzug.

Nein, der Tigris färbt sich nicht rot. Ein Fluss voller Blut, das nimmt dir heute keiner mehr ab. Man muss das distanziert erzählen, kühl und mit ein bisschen understandment, die Leute mögen es nicht so drastisch.
In den alten Zeiten konntest du so etwas bringen, klar. Auch die Steigerung, die du da reinbringst, Alter, in deine Nil-Geschichte, diese Eskalation des Horrors! Das ist vollkommen irre! Zum Schreien!

Die drei Männer am Nil. Kein Blut mehr im Fluss, keines in Tümpeln und Teichen, Kanälen und Brunnen.
Lass uns gehen, sagt der eine.
Die Antwort: Nein.
Da streckt der erste den Arm aus und hält seinen Stock über das Wasser. Und augenblicklich kriechen Frösche hervor, der Nil quillt über von Fröschen, überall sitzen, kriechen, springen Frösche, auf Straßen und Plätzen, Bäumen und Dächern, riesige glitschige Frösche, im Haus, im Schlafzimmer, im Schrank, im Bett. Milliarden von Fröschen, im ganzen Land.

Frösche im Schlafzimmer und im Bett! Wie kommst du auf derart bizarre Ideen? Eklige Frösche … das ist unglaublich!
In meiner Story gibt es keine Frösche. Hör zu:

Eine Frau, ein Mann und drei Kinder gehen durch ihr Wohnviertel nachhause. Die Schule kaputt, das Krankenhaus, der Supermarkt, die Straße, das Haus, der Schrank, das Bett.
Nebenan die Brücke zerstört.
Das war die letzte, sagt der Mann. Wie sollen wir jetzt hinüber kommen?
Der Tigris ist breit.

Kapitel 3

Lasst uns raus, schreit einer in der Nachbarschaft. Lasst uns raus. Lasst uns raus.
Die Frau und der Mann schreien nicht. Die Kinder auch nicht.

He, Alter, der Tigris – erinnerst du dich? Leben hat er gebracht ins Wüstenland, Jahrtausende lang, Schilf und Gras lässt er wachsen, Palmen und Pappeln, Tiere lässt er gedeihen und Menschen.
Und jetzt? Was ist los am Tigris, dass alle wegwollen und nicht dürfen? Schau hin, Alter! Betonbrocken, blaue Plastikplanen. Und keiner, der einen Stock über den Fluss hält und sagt: Lass uns gehen!

Damals, in deiner alten Geschichte, hast du die Stechfliegen kommen lassen. Nach den Fröschen Trillionen von Stechfliegen. Danach Hagel und Blitze. Donner, wie eine Stimme, die vom Himmel herunter brüllt: Lass sie ziehen!
Und dann: Geh hin, Mose!, sagst du zu dem Mann mit der unbeholfenen Zunge. Nimm deinen Bruder mit, den mit dem Stock.
Sie gehen hin: Lass uns ziehen, sagen sie.
Nein, sagt der mächtige Mann.
Du schickst Unwetter, die die Ernte vernichten. Finsternis. Heuschrecken, die die Felder kahl fressen.
Der noble Mann sagt nein.
Geh hin, Mose, geh hin.
Die Pest für ihre Tiere.
Der Mann bleibt starrsinnig.
Den Tod für ihre erstgeborenen Kinder. Du weißt, wie man Entsetzen verbreitet.
Geh, Mose, geh hin! Sag ihm: Lass uns ziehen.

Und endlich sagt Pharao ja. Geht. Zieht davon. Verschwindet. Lasst euch hier nicht mehr sehen.
Sie machen sich auf den Weg, Tausende, raus aus diesem Land, weg vom Nil.
Du versprichst ihnen ein neues Land.
Und alle sehen es: Der Gott der Freiheit ist stärker als der mächtige König, stärker als die Götter der Sklavenhalter.
Gut gemacht, Alter! Gut!
Willst du hören, wie meine Geschichte weitergeht?

Endlich Waffenruhe in Mossul. Ein Tag nur, vielleicht nur ein halber. Autos, Karren, Kinderwagen, Tausende machen sich auf den Weg. Koffer, Taschen, Bündel. Hinter ihnen die Stadt: Ruinen, Trümmer, Qualm. Soldaten, Milizen, Panzer. Tote Augen.
Raus aus Mossul. Weg vom Tigris. Raus aus diesem Land.
Keiner verspricht ihnen etwas. Kein neues Land. Nichts.

Was ist, Alter? Willst du nicht mitspielen in meiner Geschichte?
Steig ein, mach mit. Du wirst gebraucht.

Erinnere dich: Du hast sie aus der Sklaverei am Nil geführt. Der Weg ist lang, du bist bei ihnen. Führst sie trockenen Fußes durchs Meer. Lässt Wasser springen aus Wüstenfelsen. Schickst Wachteln und Manna gegen den Hunger.
Der Weg ist lang und hart, aber sie kommen an in dem fremden Land ihrer Sehnsucht, wo nicht Milch und Honig fließen, wo sie aber Kühe und Ziegen halten können und Bienenvölker pflegen und leben als freie Menschen.

Auch der Weg in meiner Geschichte ist lang und hart. Irak, Jordanien, Ägypten. Auf großen Brücken über den Nil, nach Libyen rüber. Im Zelt geschlafen, im Busch campiert. Überfallen und ausgeraubt, vergewaltigt. Geld und Pässe und Handys gestohlen, das Auto kaputt, das letzte Stück zu Fuß.
Von Mossul sind sie gekommen, von Allepo, von Homs. Vom Tigris sind sie gekommen und vom Euphrat. Gegangen. Geflohen. Gerannt.
Irgendwo am Straßenrand eine Frau, ein Mann, drei Kinder.
Wir sind keine Menschen mehr, sagt die Frau, wir sind Gespenster.

Und, Alter? Willst du sie nicht führen? Willst du sie in die Irre gehen lassen, in der Wüste verdursten, im Meer ertrinken? Keine Wachteln, kein Manna, kein Wasser aus Wüstenfelsen?
Was ist? Willst du nicht mitspielen in meiner Geschichte?

In Libyen sind sie angekommen. Am Rand der Wüste sitzen sie an Meeresstränden und warten.
Zweitausend sind schon ertrunken, sagt der Mann, in diesem Jahr, das erst sechs Monate hat.
Die Herren in den dunklen Anzügen und die Damen in den feinen Kleidern sagen Nein. Sie schicken Soldaten und Polizisten an die Grenzen ihrer Länder, und zu den Noblen der Meeresküsten sagen sie: Lasst sie nicht weiterziehen! Haltet sie auf! Sperrt sie ein! Wir werden euch dafür belohnen.

Im Wüstensand am Meer sitzen sie und warten. Warten auf den Mann, der mit dem Stock aufs Wasser schlägt. Warten auf den, den du zu den Mächtigen schickst, damit er ihnen sagt: Lasst uns ziehen in ein Land ohne zerschossene Häuser.

Kapitel 3

Geh hin, Mose! Geh zu ihren Meetings und Gipfelkonferenzen! Sag es ihnen! Geh hin!

Wach auf, Alter, und erinnere dich an die von heute, die vor Kriegen und Soldaten geflohen sind, die die Leichen am Fluss gesehen haben, die Trümmer in den Straßen. Zeig den Herren im edlen Outfit, wo ihre Macht endet! Schick ihnen deinen Mose.
Keine große Inszenierung, die alten Zeiten sind vorbei. Eine kleine Bankenkrise vielleicht, ein Virus, kein Blut, keine Frösche. Schick' ihnen deinen Mose! Er soll ihnen sagen, dass sie keine Chance haben gegen dich.

Ich hab geträumt, Alter. Ich hab geträumt, du wirst ihnen helfen. Du beschaffst ihnen Visa und Aufenthaltsgenehmigungen und anständige Schiffe. Du führst sie übers Meer und bringst sie in die Länder ihrer Sehnsucht, Länder mit Glas in den Fenstern, mit heilen Dächern auf den Schulen, mit Straßen ohne Trümmer und Schutt.
Eine Frau, ein Mann, drei Kinder. Und all die anderen. Ich hab geträumt, sie werden an der Donau sitzen und an der Themse, an der Seine und der Moldau, am Ebro und am Rhein und ihren Kindern Milch zu trinken geben und Honig auf ihr Brot streichen und deine Lieder singen.
Go down, Moses, way down …

Hans-Walter Voigt

Tropfnass

Wind füllt die Segel,
Schiffe gleiten heimwärts.

Zeitlos
baumeln Sinne
an der Reling,
salzige Gischt
benetzt die Augen.

Unerfüllt
gleiten Wünsche über die Wellen.

Tropfnass
an der Bordwand
hängt das Netz der Fischer.

Kapitel 3

Hasan Dewran

Wir und wir

Manchmal sind eure Helden
unsere Mörder.
Manchmal ist unser bitterer Schmerz
euch ein Grund für Freude und Sieg.
Manchmal ist euer Glaube
für uns eine seltsame Leidenschaft.
Wir und Ihr,
manchmal seid Ihr wir,
manchmal sind wir Ihr,
wir und wir.

Hasan Dewran

Biz ve biz
(in türkischer Sprache)

Bazen sizin kahramanlarınız
bizim katillerimiz.
Bazen bizim acımız
sizin sevinciniz.
Bazen sizin inancınız
Bizim için tuhaf
bir sevda.
Siz ve biz,
bazen siz biz,
bazen biz siz oluyoruz,
Biz ve biz.

***

Ma u ma
(in Zazaischer Sprache)

Gaganê çêrê sıma
canêwerê mayê.
Geganê derd u kulê ma,
esq u çêfê sımao.
Gaganê imanê sıma
marê çiyo tamaseo.
Ma u sıma,
sıma u ma,
gegane
ma beme sıma,
gegane sıma benê ma.
Ma u ma.

Kapitel 3

Bernhard Schader

Kein gutes Gefühl

Das macht der jetzt schon seit Wochen. Aus Dankbarkeit, sagt die Katja. Am Anfang hat er so 'nen alten Stubenbesen gehabt. Dankbarkeit! ... ist manchmal ein bisschen blauäugig, die Katja.
Ich will keinem etwas unterstellen. Aber man darf auch nicht die Augen verschließen vor der Realität. Auch wenn die schreiben, dass es immer weniger Kriminalität in der Stadt gibt: Ist doch alles fake. Bei uns im Viertel wird eingebrochen. Dreimal letzten Monat. Das ist die Realität.
Und wenn der jeden Tag schön langsam durch unsere Straße zieht, seit mehr als vier Wochen, dann kriegt der doch alles mit: Wer wann zur Arbeit geht und wann er wieder zurückkommt. Wer einen Koffer rausträgt und in Urlaub fährt. Wer seine Fenster nicht richtig zumacht ... der Horst hat seine Fenster immer gekippt, auch im Erdgeschoss ... das kriegt der doch alles mit.
Ich will wirklich niemandem Unrecht tun. Kann ja sein ... vielleicht ist der wirklich so verrückt und macht das aus Dankbarkeit. Andererseits: Ich hab da kein gutes Gefühl. Mal ehrlich, hab ich zur Katja gesagt, mal ganz ehrlich: Würdest du freiwillig die Straßen im Viertel fegen? Jeden Tag? Ohne Bezahlung?
Nee, hat sie gesagt. Ich nicht. Aber der schon.
Dankbarkeit. Ist doch alles fake. Würde mich nicht wundern, wenn nächste Woche in unserer Straße eingebrochen wird ... würde mich überhaupt nicht wundern ... und es hat ja auch schon Überfälle gegeben, auf junge Frauen ... Man muss einfach die Realität sehen ...
Weil er ein Dach überm Kopf bekommt, da unten im Camp, sagt die Katja, und drei Mahlzeiten am Tag. Sollen sie ja gerne haben – ein Dach überm Kopf und so ... wir sind ja keine Unmenschen. Aber die bleiben ja nicht in ihrem Camp. Die machen sich überall breit. In der Straßenbahn. In der Fußgängerzone. Im Edeka. In der Kirche. In der ganzen Stadt. Die wollen doch nie wieder weg von hier. Die wollen sich hier festsetzen. Ist doch'n Paradies für die.
In unserer Straße war immer alles ruhig und friedlich. Aber jetzt ... dass der jeden Tag hier im Viertel ... mit seinem Besen ... von morgens bis abends ... ich hab' da kein gutes Gefühl. Und dass der bei Katja und Rainer ein- und ausgeht, als würde er da wohnen ... Seid vorsichtig, hab' ich zur Katja gesagt. Seid vorsichtig.
Dass die sich hier festsetzen wollen ... ist doch klar ... da, wo die herkommen ...

Ist ja eigentlich Sache der Stadtreinigung, Sauberkeit und so ... Was mischt der sich da ein? Darf der überhaupt arbeiten? Hat der 'ne Genehmigung?
Und wenn den ein Auto anfährt, wer kommt dann dafür auf, wenn er verletzt ist? Ist der versichert? Seid vorsichtig, hab ich zur Katja gesagt, seid vorsichtig, am Ende kriegen sie euch noch dran, weil ihr ihm die Schaufel und den Straßenbesen besorgt habt. Und die Arbeitsklamotten.
Ein Stubenbesen ... irgendwie ist der ganz schön daneben. Einen alten Stubenbesen hat er gehabt, am Anfang, und 'ne Pappe als Schaufel! Und damit wollte der die Straßen fegen! Ja, ja, der wirkt so nett und harmlos und er grüßt auch immer freundlich. Aber wenn einer im Kopf daneben ist ... hoffentlich ist der nicht gefährlich ... wenn so einer mit 'nem Messer ... wär' ja nicht der erste ... man muss die Realität ...
... 'ne Pappe und 'n alter Stubenbesen ... das ist doch vollkommen irre ...
Als wenn es bei uns so dreckig wäre, dass uns einer helfen muss ... in unserer Straße machen wir unseren Dreck selbst weg. Jeder kehre vor seiner Tür, hab ich zur Katja gesagt. Ich krieg schon noch raus, was der wirklich will. Warum fegt der nicht bei sich zuhause? In Sambia. Oder Gambia. Oder wo der herkommt. Da wird er genug Arbeit haben. Mehr als genug.
Dankbarkeit, sagt die Katja ... ich hab' da kein gutes Gefühl ...

L.J. aus Gambia fegte im Mannheimer Stadtteil Käfertal freiwillig und unentgeltlich Straßen, bis er die Erstaufnahmestelle Mannheim verlassen musste.
Sein Asylantrag wurde abgelehnt.

Manfred Klenk

Notat zu Michail Afanassjewitsch Bulgakov*4:
geb. 15.5.1891 in Kiew – gest. 10.3.1940 in Moskau

Zum Schweigen verdammt

Gepriesen sei der Hahn –
Blei stiftend Kassiber konspirativ,
Den Finger am Abzug der Silben,
Gestiefelt gespornt, im Aufmarschgebiet
Robustes Mandat dem freien Wort.
Im Niemandsland Michail Bulgakov,
Archiv: Gedächtnisstraße Sadowaja
Unter Hausarrest. Gewissen in Einzelhaft.
In Moskau. Im Exil – gepriesen sei
Der Hahn, der noch krähen darf.

Unter den alten Mauern
Der Hauptstadt die Adern,
Blutrot unterlaufen, Zeit der weißen Garde,
Sehnsucht nach Frieden gestapelt
Gegen Gewalt – wider das Vergessen:
Was Krieg bedeutet.

Überlebende bleiben im Waffenstillstand
Munitionsarsenal, permanent zu bewegen
Zwischen den Kriegen –
Nur den Toten
Ist das Ende des Krieges beschert.

So nehmt Ihr Gedanken
Noch einen letzten Schluck
Vom klaren Geist
Lethes reinste Seele (Gedanken strich)
Wer schweigt, stimmt zu.

Nachwort zum Notat (Bulgakov)

„Zum Schweigen verdammt“

Blüten der Phantasie vom Schweigen überwuchert,
Getrocknet, aufnotiert in der Not,
Zwischen Kurz- und Langzeit
Offene Kiste im Gedankenspeicher Nr. 50
Sadowaja 302b –
In Moskau.
Im Exil
Michail Bulgakov.

Hans-Walter Voigt

Unter dem Meer

Unter dem Meer liegt der Hafen
mit Rhythmen und Klängen bei Nacht,
wo die Verwehten schlafen,
von Sphären und Mythen bedacht.

Wenn das Wasser der Meere
sich mit den Tropfen des Regens vereint,
liegt über den Wellen die Schwere,
in Freude und Abschied beweint.

Die Himmel spiegeln sich und strahlen
in einzigartiger Brillanz
ein Meer von leuchtenden Opalen,
Unendlichkeit und Fulminanz.

Die Sterne fallen hernieder
durch Nacht und Meer,
und alle sieht man wieder,
so wie bisher.

Bernhard Schader

Infernalischer Krach

Ich hab‘ zu dem Buben gesagt, er soll die Tuba spielen. Nimm die Tuba, hab‘ ich gesagt, und spiel sie für mich. Ich kann’s nicht mehr so gut. Und eine Tuba muss dabei sein.
Klar, hat er gesagt, wegen der power. Dass es richtig kracht.

Ob von außen oder von innen, das wird doch dem Herrgott egal sein, oder?, hab‘ ich zum Pfarrer gesagt.
Der Pfarrer hat genickt: Dem Herrgott wird das egal sein. Was von außen gegangen ist, wird auch von innen geh‘n.

Normalerweise spielt der Bub Trompete. Manchmal auch Posaune. Aber jetzt hab‘ ich zu ihm gesagt: Spiel du die Tuba, weil ich’s nicht mehr kann.
Ist gut, Opa, hat er gesagt. Ist gut.

Weil ich‘s nicht mehr mit ansehen kann, abends im Fernsehen. Jedes Mal krieg ich einen solchen Zorn, dass mir das Bier nicht mehr schmeckt. Immer, wenn sie wieder was davon bringen, lass ich mein Bier stehen und merk’s erst nach einer Stund‘, wenn’s fad und abgestanden ist. Ich will‘s nicht mehr mit ansehen.

Der Bub hat das richtig gelernt, das Trompete-Spielen. Erst in der Musikschule und dann an der Akademie. Anders als ich damals. Jetzt spielt er in so einer Band. Sieben junge Leut. Konzerte machen die, überall. Und international sind die: einer aus Griechenland ist dabei, und einer aus Afrika, einer aus Syrien und so eine ganz Junge aus Portugal. Die spielt das Schlagzeug. Ein Wahnsinn ist das, wie die auf die Trommel haut. Und singen tun sie auch dazu. So was hast du noch nicht gehört. Das ist was anderes als bei uns im Musikverein.

An Pfingsten, nach der Messe, hab ich den Pfarrer gefragt, ob er das aushält, abends, wenn sie’s wieder bringen im Fernsehen.
Der Pfarrer hat mich lang angeschaut und dann hat er gesagt: Eine Schand‘ ist es. Einen infernalischen Krach könnt ich schlagen, wenn ich das seh.

Spiel doch mal mit deiner Band auf unserem Dorffest, hab ich zu dem Buben gesagt. Und dann sind die tatsächlich gekommen, alle sieben, und es war eine Riesengaudi. Und das Lied haben sie auch gespielt und gesungen. Ganz wunderbar haben sie's gespielt, samstags abends auf'm Fest.

Und am End haben die Leut alle mitgesungen, auch wenn ein paar falsch gesungen haben, aber alle waren sie begeistert und das ganze Festzelt hat vibriert und die Biertische und die Bänke und die Leut, alles war am Schwingen, und der Pfarrer hat gesagt: Noch ein paar Schwingungen mehr, und die Zeltwände fallen um, wie damals die Mauern, und der ganze Tisch hat gelacht.
Und später hat er gesagt: Damals waren's auch sieben, die die Trompeten geblasen haben.
Ich habe ihn gefragt, wo's steht, und er hat's mir gesagt und ich hab's gelesen. Es war genauso wie in dem Lied, bloß Trompeten waren's keine, da hat der Pfarrer sich geirrt. Aber da ist mir das erste Mal die Idee gekommen.

Vorgestern waren's 45, haben sie gesagt. Ungefähr.

Und sonntags hat er dann bei uns mitgespielt, der Bub, beim Musikverein. Erst auf der Trompete, dann auf der Posaune, und später zum Spaß auf'm Horn und auf der Tuba.

Da habe ich gedacht: Wenn die mit ihrer Band das machen würden, und noch ein paar andere dazu, es gibt doch so viele junge Leut', die Musik machen ...
Opa, hat der Bub gesagt, meinst du wirklich, das geht, mit ein paar Instrumenten?
Warum soll's nicht gehen, hab ich gesagt. Die Instrumente damals, die waren ja schon ziemlich einfach. Primitiv, könnt man sagen. Sie haben halt keine anderen gehabt. Aber es hat funktioniert.
Und heut geht das doch viel besser. Wenn ihr loslegt, hab ich gesagt, mit euren Instrumenten!

Ein ganzes Schiff. Letzte Woche ist ein ganzes Schiff verschwunden. Einfach weg. Verschwunden.

Das Lied, das ist mir nicht mehr aus dem Kopf gegangen. Tagelang habe ich's vor mich hin gesungen.
You may talk about the men of Gideon, you may talk about the men of Saul ...
Wer der Gideon war, weiß ich nicht. Der Saul war ein König.

Wir müssen halt noch ein paar andere zusammentrommeln. Am besten ein paar hundert.
Ein paar tausend, hat der Bub gesagt und hat gelacht. Dass es richtig kracht.

Dann halt ein paar tausend. Umso besser. Ich kann's nicht mehr mit anseh'n.

Gestern Abend haben sie wieder was gezeigt: ein Boot, voll mit Leut, hundert, zweihundert Leut. Und dann ist es gekippt. Ganz, ganz langsam ist es umgekippt. Bis der Mast auf dem Wasser gelegen ist. Und man hat zuschauen können, wie die Leut rausgefallen sind aus dem Boot und im Meer geschwommen sind.
Aber die haben nicht alle schwimmen können. Nicht alle.

Ich geh auch mit, hab ich gesagt. Die Tuba spielen, das schaff ich nicht mehr. Aber es müssen ja auch welche singen und schreien. Siebenmal sind sie außen herum gelaufen, damals. Sieben Männer haben die Widderhörner geblasen und alle anderen haben gesungen und geschrien. Ich hab's gelesen. So sollen sie's machen, hat der Herrgott zum Josua gesagt, so sollen sie's machen.

Die lassen die Leut nicht mehr rein. Mauern haben sie gebaut und Stacheldrahtzäun' und Metallgitter. Und Polizisten haben sie hingestellt und Soldaten. Und draußen sitzen die Leut im Dreck und im Regen und frieren und haben Hunger. Eine Schand' isses. Und die anderen steigen in die Boote.

Und deswegen müssen wir's machen wie damals der Josua. An den Mauern entlang gehen und an den Stacheldrahtzäunen und den Metallgittern. Ob außen herum oder innen, das wird dem Herrgott egal sein. Und die Trompeten blasen und die Posaunen und die Hörner und die Klarinetten und die Saxophone. Und die Trommeln schlagen. Und die kein Instrument haben, die sollen singen und schreien. Singen und schreien und einen anständigen Krach machen.

Joshua fit the battle of Jericho ...

Sieben Instrumente haben sie gehabt, und alle anderen haben gesungen und geschrien. Gebrüllt haben sie. Und dann sind sie runtergekommen, die Mauern. Eingestürzt sind sie. Zusammengebrochen, dass es nur so gekracht hat.

Der Pfarrer hat Recht: Einen Krach müssen wir machen. Bis sie schwingen und immer mehr schwingen und zerreißen und auseinanderfallen und runterkommen, die Mauern und Stacheldrahtzäun' und Metallgitter. Einen infernalischen Krach. Weil's eine Schand' ist.
Und ich mach auch mit. Und der Bub bläst meine Tuba.

And the walls came tumbling down.

Kapitel 3

Hasan Dewran

Wieviel Heimat

Wieviel Heimat
braucht der Mensch?

Wieviel Verlust,
wieviel Zerrissenheit
kann er ertragen?

In allen Fällen tut
eine Tasse Tee gut.

Kapitel 4

Heimat in einer globalisierten Welt – Entgrenzung mit Bodenhaftung

„Woanders" –	Masha Qrella vertont Thomas Brasch Texte (2021)
„Woanders" –	Notate zu Masha Qrella und Thomas Brasch
Entre Nous	Gedicht Hans-Walter Voigt
Anderswo	Gedicht Hans-Walter Voigt
Tomatenträume	Prosa Bernhard Schader
Zu dir	Gedicht Hasan Dewran
Tu ser / Sana doğru (Zazaisch/Türkisch)	Gedicht Hasan Dewran
Heimspiel	Gedicht Manfred Klenk
Ich schaue	Gedicht Hasan Dewran
Vielleicht	Prosa Bernhard Schader
Wo Bill zuhause ist	Gedicht Manfred Klenk
Der Wintermantel	Gedicht Hans-Walter Voigt
An Deinen Lippen	Gedicht Hasan Dewran
Oum Kulthum	Gedicht Manfred Klenk
Weg mit Grenzen	Gedicht Hasan Dewran
Zuversicht	Gedicht Hans-Walter Voigt
Antiochia seismographica	Gedicht Manfred Klenk
Sing weiter, Oswald	Prosa Bernhard Schader

Heimat in einer globalisierten Welt – Entgrenzung mit Bodenhaftung

Um die Welt als großes Ganzes entdecken und erleben zu können, muss man sich von heimatlicher Erde, von ihrem „Ackerboden" entfernen (Grimms ‚Wörterbuch' 1852-54). „Digitalnomaden" sind heute in der Lage, sich mit allen Teilen der Welt zu vernetzen, ohne sich von ihrem „Ackerboden" zu entfernen. Wie klein erscheint die globalisierte, multizentrische Welt in der digitalen Verfügbarkeit an jedem Ort auf dieser Erde.

Der allgegenwärtige Einfluss von Algorithmen, schädlichen ‚Bots', Robotern gleich und ‚Web-Crawlers' schrecken ihre User nicht: „Seid umschlungen Millionen / Diesen Kuss der ganzen Welt!" – Schillers „Ode an die Freude" lässt sich als Aufruf für den Weltfrieden verstehen, aber auch als Wunsch nach Entgrenzung des Individuums (Susanne Scharnowski*[1]).

‚Digital Natives' (die mit den digitalen technischen Funktionen Aufgewachsenen) können sich zwar in der Welt ihres World-Wide-Web sekundenschnell bewegen, doch mögen sie nach Belieben auch wieder sich zurückziehen können auf das ihnen Vertraute, seinen festen Boden, zurück in die Langsamkeit gewohnter Umgebung, Rückzug in die innere Provinz: *„Global denken – lokal handeln."*

Masha Qrella* vertont Thomas Brasch* Texte

„Woanders –

Bleiben wo ich nie gewesen bin“

THOMAS BRASCH
(1977 aus dem Zyklus „Der Papiertiger“)

Was ich habe, will ich nicht verlieren

Was ich habe, will ich nicht verlieren, aber
wo ich bin, will ich nicht bleiben, aber
die ich liebe, will ich nicht verlassen, aber
die ich kenne, will ich nicht mehr sehen aber
wo ich lebe, da will ich nicht sterben, aber
wo ich sterbe, da will ich nicht hin:
Bleiben will ich, wo ich nie gewesen bin

Thomas Brasch: *Kargo*. Suhrkamp Verlag, Frankfurt a.M. 1977
Masha Qrella: CD / Hörspiel vom 19.02.2021

Masha Qrella:

Woanders

Vielleicht an der Küste
Oder vielleicht nebenan
Wo ist man woanders
Und wo ist man anders

***Masha Qrella:**
(Mariana Kurella) 1975 in Ostberlin geboren, Musikerin, Song-Schreiberin, hat in ihrem Album (und dem gleichnamigen Hörspiel) „Woanders“ Gedichte vertont von Thomas Brasch zu dessen 76. Geburtstag am 19.02.2021: Gedichte in deutscher Sprache, welche die Verlorenheit, Entfremdung, die Suche nach Halt und Orientierung zum Inhalt haben.

***Thomas Brasch:**
Lyriker, Dramatiker, Drehbuchautor und Regisseur, geb. 1945 in Großbritannien als Sohn jüdischer Emigranten – gest. 2001 in Berlin.
Der Bilderbuch-Karriere seines Vaters, Horst Brasch, stv. Minister für Kultur der DDR, wollte Thomas Brasch nicht folgen: 1968 wurde er wegen „staatsfeindlicher Hetze“ zu zwei Jahren Gefängnis verurteilt. Er hatte Flugblätter gegen den Einmarsch des Warschauer Pakts in die Tschechoslowakei in Umlauf gebracht. 1977 verließ Brasch die DDR, in der für seine Poetik kein Platz mehr war.

Kapitel 4

Hans-Walter Voigt

Entre Nous

Jedes Mal
mit dir
ist ein Mal
zu wenig.

Jedes Mal
ohne dich
ist ein Mal
zu viel.

Hans-Walter Voigt

Anderswo

Du sollst
den Menschen kennenlernen,
der dich liebt,

du sollst
den Vogel hören,
der für dich singt,

du sollst
den Ort fühlen,
der dich birgt,

du musst
nach der Hand greifen,
die dich hält,

und du musst
wissen,
wer du bist.

Du bist
deine Bleibe.

Bernhard Schader

Tomatenträume.

Man muss auch mal konsequent sein

„Heute nicht", sagt die Andrea und erzählt von der Sache in der Kirche und dem Lehmann mit dem blutig roten Gesicht. „Ein einziger Matsch", sagt sie, so etwas hätte sie noch nie gesehen, und wenn die Pfarrerin nicht dazwischen gegangen wäre, wer weiß, was sonst noch passiert wäre.
Begonnen hat alles aber schon vor Jahren, sagt die Andrea, nicht hier, sondern in Afrika. Der John hat's ihr erzählt, an Heiligabend, in ihrem Wohnzimmer, neben dem Weihnachtsbaum, die ganze Geschichte von Anfang an. In der Kirche ist er ja nicht weit gekommen mit dem Erzählen.
Normalerweise ist die Andrea gern allein an Heiligabend, der Verwandtschaftsrummel am ersten und zweiten Feiertag ist ihr gerade genug. Aber dieses Mal hat sie den John eingeladen; nach dem verrückten Krippenspiel hat sie ihn doch nicht alleine nachhause gehen lassen können, und bei der Kälte draußen schon gar nicht. Sie hat schnell ein Essen improvisiert, Spaghetti mit Pesto, und einen Salat, aber ohne Tomaten, und dem John hat sie den Korkenzieher in die Hand gedrückt, damit er den Barolo aufmacht. Und als Nachtisch gab's Lebkuchen und Eis aus dem Gefrierschrank.
Es ist es dann auch ein wunderbarer Heiligabend geworden. Nur dass der John immer wieder den Kopf gedreht und über die Schulter geschaut hat, mal über die linke, mal über die rechte, das hat die Andrea zuerst nicht verstanden, aber gesagt hat sie nichts.
Den John kennt sie schon länger, der arbeitet seit Monaten auf dem Großmarkt, Kisten herumheben, Stechkarre schieben, Stapler fahren. Wie ein Wahnsinniger schuftet der Junge, und Muskeln hat der!, und beweglich ist er wie eine Katze. Dass der es über den Zaun geschafft hat, glaubt sie aufs Wort. Und gut sieht er aus, diese Augen und die schwarzen Haare, o Mann, wenn sie dreißig Jahre jünger wäre, dann wüsste sie schon, von wem sie sich die kalten Füße wärmen lässt, wenn sie vom Markt kommt. Und wenn der John mal einen neuen Job braucht, bei ihr kann er jederzeit anfangen, so einen wie den kann sie immer brauchen an ihrem Gemüsestand.
Erst war es nicht so einfach mit der Unterhaltung beim Essen, weil der John mehr Englisch spricht als Deutsch und die Andrea mehr Deutsch als Englisch, aber mit ein bisschen Geduld und Rotwein hat es schon geklappt, und sie haben viel gelacht miteinander, obwohl es bei

der Geschichte eigentlich nichts zu lachen gibt. Denn wenn auch nur die Hälfte stimmt von dem, was der John erzählt und sie verstanden hat, dann ist das von hinten bis vorne eine Sauerei, sagt die Andrea, und deswegen: Heute nicht, und nächste Woche auch nicht, man muss auch mal konsequent sein und ein Zeichen setzen, und wenn einer unbedingt Tomaten kaufen will, soll er eben zur Konkurrenz gehen.

Mit den Tomaten hat das ganze Drama nämlich angefangen, sagt die Andrea.

Und zwar so: Der Vater vom John ist Bauer, wie die meisten Leute im Schildkrötental, in Ghana, nicht weit von Accra. Jahrelang hat er Tomaten angebaut, wie seine Nachbarn und überhaupt alle im Tal, und der John und die anderen aus der Familie haben mitgearbeitet, nur die beiden Jüngsten sind noch in die Schule gegangen. Der John hat nämlich eine Menge Geschwister, sagt die Andrea, aber er ist der Älteste.

Wenn die Tomaten reif waren, haben sie sie an einen Zwischenhändler verkauft. Der hat sie nach Accra transportiert und an die Markthändler und die Supermärkte geliefert. Eine schöne Plackerei war es jedes Jahr, aber es hat sich gelohnt, die Händler haben einen guten Preis bezahlt. Reich geworden ist keiner im Tal, aber anständig leben konnten sie, und sein Vater hat sogar davon geträumt – hat der John beim Essen erzählt – dass er sich mal einen kleinen Traktor leisten kann. Irgendwann mal.

Als sie fertig waren mit dem Essen, hat die Andrea dem John das Stabfeuerzeug gegeben, damit er die Kerzen am Weihnachtsbaum anzündet, und sie hat noch eine Flasche von dem Barolo aufgemacht. „Jetzt du musst singen, a German christmas-song", hat der der John gesagt, als die Kerzen alle gebrannt haben, und die Andrea hat gelacht, hat eine CD in den CD-Player geschoben und hat sich dann auf ihre Couch gesetzt und die Füße hochgelegt.

Der John hat sich in den Sessel gesetzt und den Baum bewundert, sie haben mit dem Rotwein angestoßen, aus den Lautsprecherboxen hat Ray Charles „That spirit of Christmas" gesungen und die Andrea hat dem John die Dose mit den Weihnachtsplätzchen hingehalten.

Er hat eines genommen, aber plötzlich hat er gesagt: „No!", und hat das Plätzchen in die Dose zurückgelegt. Und dann hat er von den Dosen in Ghana erzählt. Von denen, die aus Europa gekommen sind, aus Italien, Spanien and so on. Tomatenpaste. So etwas wie Tomatenmark muss das sein, sagt die Andrea.

Überall auf den Märkten und in den Läden von Accra haben plötzlich diese Dosen gestanden, und die Leute haben sie gekauft und das Zeug zum Kochen genommen,

für die Suppe, zum Gemüse, zum Reis, und Tomaten aus dem Schildkrötental haben sie immer weniger gekauft.
„Aber warum denn?", hat die Andrea den John gefragt. „Warum kaufen die alle das Konservenzeug? Frische Tomaten sind doch viel besser als der Büchsenkram!"
„Weil sie sind billiger", hat der John geantwortet.
„Quatsch", hat die Andrea gesagt und dem John noch ein Glas von dem Barolo eingegossen und sich selbst auch, „wie soll das denn gehen? Spanische und italienische Tomaten in die Fabrik karren und Pampe daraus machen, die Pampe in Dosen füllen und die Dosen nach Ghana transportieren – das ist doch viel teurer als Tomaten aus eurem Tal in die Stadt zu schaffen."
Der John hat einen Schluck von dem Wein getrunken und sich dann doch ein Weihnachtsplätzchen genommen, eines von denen mit dem Bitterschokoladeüberzug, und hat wieder so seltsam über die Schulter geschaut.
„No Quatsch", hat er dann gesagt und ein Stück von dem Plätzchen abgebissen, „subventions."
„Was?", hat die Andrea gefragt.
„Subventions", hat der John noch einmal gesagt, und ein paar Krümel sind ihm aus dem Mund gerutscht.
Und dann hat er erzählt, dass sie auch lange gebraucht haben, bis sie das kapiert haben: Dass die EU ihren Bauern Geld schenkt, damit ihre Tomaten schön billig sind, und dass sie den Fabriken jahrelang sogar noch mal Extra-Geld geschenkt hat, wenn sie die billige Tomatenpampe nach Afrika verkauft haben. Subventions eben. Nur den Leuten im Schildkrötental hat niemand subventions geschenkt.
„So ein Quatsch", hat die Andrea gesagt, und dann hat sie dem John gleich nochmal die Plätzchen rübergeschoben, als er erzählt hat, dass sie schließlich ihre Tomaten selbst gegessen haben. Und am Ende haben sie sie auf dem Feld am Stock verrotten lassen, weil es sich nicht mehr gelohnt hat, sie zu ernten.
„A lot of Quatsch", hat der John gesagt, aber von den Plätzchen hat er keines genommen, sondern eines von den Papiertaschentüchern aus seiner Hosentasche, und hat sich die Augen gewischt und die Nase geputzt.
„And so on", hat er dann wieder gesagt: Geld haben sie keines mehr verdient, und wie es weiter gehen soll, haben sie bald nicht mehr gewusst. Von was sie Kleider kaufen sollen und Schuhe und wie sie das Schulgeld für die Kleinen bezahlen sollen and so on. Und das mit dem Traktor hatte sich sowieso erledigt.
Als auch das Beten nicht mehr geholfen hat, obwohl sie oft in die Kirche gegangen sind und gebetet haben, hat sein Vater Land verkauft, und den größten Teil von dem Geld, das er dafür bekommen hat, hat er dem John in die Hand gedrückt, damit er nach Europa fährt und sich eine

Arbeit sucht. Denn in Europa gibt es Jobs und gute Löhne, hat der Vater vom John gedacht.
Das war vor fünf Jahren, und seitdem ist der John unterwegs.

Einfach war es nicht für ihn, nach Europa zu kommen, sagt die Andrea. Denn zwischen Ghana und Europa liegt nicht nur das Meer, sondern auch noch halb Afrika. „Halb Afrika“ ist vielleicht übertrieben, das weiß die Andrea auch, aber mehr als 4000 Kilometer sind es schon bis an die Mittelmeerküste. Auf dem kürzesten Weg, durch die Sahara.
Und was der John ihr erzählt hat von der Wüstentour, das hat sie ganz verrückt gemacht und richtig wild. „Banditen sind das“, hat sie gesagt, „Gangster! Halsabschneider!“, und genau genommen hat sie es nicht gesagt, sondern geschrien, und auf den Couchtisch gehauen hat sie auch, dass die Gläser getanzt haben.
Der John hat gelacht, wie die Andrea da neben ihrem Weihnachtsbaum gesessen und sich aufgeregt hat, und hat sein Glas gehoben, damit sie ihres auch hebt und einen Schluck trinkt und sich wieder beruhigt. Dann hat er sie gefragt, was das ist, ein hals-ab-sneider, und sie hat es ihm erklärt, mit der Hand an der Kehle entlang, und er hat noch lauter gelacht und gesagt: „Just the right word, hals-ab-sneider, very good word“, und hat noch einen Schluck von dem Rotwein getrunken.
Genau das sind sie nämlich, sagt die Andrea, die Kerle, die die Jungs aus Ghana mit ihren Lkw durch die Sahara bringen, Gangster und Halsabschneider, knöpfen denen das Geld ab, lassen sie in irgend einem Nest in der Wüste sitzen, bis sie noch mehr bezahlen, und manche verschleppen sie und sperren sie ein und lassen sie mit dem Handy zuhause anrufen, damit ihre Familien immer noch mehr Geld schicken. Dreckskerle sind das.
Ein ganzes Jahr hat es gedauert, sagt sie, bis der John in Marokko angekommen ist, und als er endlich dort war, war sein Geld alle. Und keine Einreisepapiere und keine Ausreisepapiere und kein Visum für Europa, na gute Nacht. Und sein Pass war schon lange weg.
So hat’s ihr der John erzählt an diesem Heiligen Abend, und dass er durch halb Marokko gekommen ist und mal hier gejobbt hat und mal da, und geschlafen hat er auf einer Baustelle oder in der Ecke von einer Werkstatt oder in einem Lagerschuppen und oft im Freien. Und dass die Nächte und die Arbeit und der miese Lohn nicht das schlimmste waren, noch nicht mal der Hunger, sondern die Angst vor der Polizei, denn wenn sie dich schnappen in Marokko ohne Papiere, wird’s bitter.
Und die Andrea hat nur da gesessen und dem John zugehört und den Kopf geschüttelt, bis er dann von Melilla

erzählt hat und von dem Zaun. Das hat sie nämlich gar nicht gewusst, dass den Spaniern ein Stück von Marokko gehört, genau genommen zwei Stücke, und eines davon ist Melilla. Und damit keiner einfach so über die Grenze von Marokkanisch-Marokko nach Spanisch-Marokko geht, haben sie einen Zaun gebaut, sechs Meter hoch und an einigen Stellen sieben. Und dahinter kommt noch ein Zaun und dann noch einer. Und alles voller Elektronik und Alarmanlagen und Kameras und Wachtürmen und hinter den Zäunen Polizisten mit Knüppeln und Gewehren. Damit bloß keiner wie der John rüberkommt und den Europäern die Haare vom Kopf frisst.
Da hat der Andrea nur noch der Mund offen gestanden und sie hat es nicht glauben wollen, und als der John dann noch erzählt hat, dass die EU das finanziert, hat sie schon wieder losgelegt, von wegen, was die mit unseren Steuergeldern machen, die Gauner, die elenden. Was ein Gauner, ein elender, ist und was die anderen Wörter bedeuten, die sie erst gebrummelt und dann durch ihr Wohnzimmer gefeuert hat, danach hat der John erst gar nicht gefragt, weil er auch so verstanden hat: just right words.
Aber der John gibt nicht so leicht auf, sagt die Andrea, und er war ja auch nicht alleine, nebenan in Beni Ansar und in der ganzen Gegend waren Hunderte, die rüber wollten nach Marokko-Spanien, und bald waren alle Drahtscheren und Seitenschneider und Zangen im Städtchen ausverkauft und eines Nachts haben sie den Zaun gestürmt, mit selbstgebauten Leitern und mit Binden und Lappen um die Hände, wegen dem Stacheldraht, zweihundert Jungs, aus Ghana und Mali und Burkina Faso und Nigeria und sonst woher.
Da hat die Andrea richtig ein bisschen gezittert, als der John ihr das erzählt hat.
Fünfzig sind rübergekommen, hat der John gesagt, über alle drei Zäune, und dann sind sie gerannt und gerannt und gerannt und gerannt. Denn wenn sie einen am Zaun erwischen, die spanischen Polizisten, bekommt er erst Prügel und dann wird er an die marokkanische Polizei ausgeliefert, und schon ist er wieder drüben auf der falschen Seite und zwei Stunden später im Gefängnis.
„John!", hat die Andrea gesagt und hat vor Schreck die Beine von der Couch genommen. Stocksteif hat sie auf einmal dagesessen mit ganz großen Augen und mit dem Händen vor dem Mund und hat die Luft angehalten.
„Don't worry", hat der John gesagt und hat übers ganze Gesicht gestrahlt.
Wenn es nämlich einer bis in die Stadt schafft, nach Melilla rein, dann stecken sie ihn nicht ins Gefängnis, sondern ins Aufnahmelager, und der John hat es geschafft, über den Stacheldraht rüber und gerannt und gerannt

und rein nach Melilla, und als er ihr das erzählt hat, ist die Andrea aufgesprungen von ihrer Couch und hat einen Stern vom Weihnachtsbaum abgehängt und ein rotes Band von einem Weihnachtspäckchen durch seine Öse gezogen und hat dem John den Stern um den Hals gehängt wie eine Goldmedaille.
„Dscho-hon!", hat sie dazu gesagt, sonst nichts.
Und der John ist auch aufgestanden, hat sich verneigt und gesagt: „Thank you, madam", und hat die Medaille geküsst und die Andrea angegrinst, und dann haben sie sich in den Armen gelegen und haben gelacht und gelacht und sind nebeneinander auf die Couch geplumpst.
Und vor lauter Lachen haben sie nicht gehört, wie der alte Ray Charles „Seven spanish angels" gesungen hat, und wenn sie hingehört hätten, wären ihnen die Tränen gekommen, so schön schmalzig hat er gesungen.

Von der Zeit im Aufnahmelager hat der John nicht viel erzählt, kein Wunder, sagt die Andrea, vierhundert Betten, aber achthundert Leute, ist doch klar, was da los war. Aber nach zehn Monaten haben sie ihn und ein paar andere mit der Fähre von Marokkanisch-Spanien nach Richtig-Spanien rübergebracht, wieder in ein Lager, und eine amtliche Ausweisungsverfügung haben sie ihm gleich mitgegeben. Aber der John hat nicht warten wollen, bis sie ihn ausweisen, und hat sich nach vier Wochen davongemacht.
Mit ein paar anderen ist er durch Spanien gezogen, ein Jahr lang, zur Erdbeerernte nach Huelva, zur Apfelernte nach Zaragoza, und wieder woanders hin zur Olivenernte, und im Winter mal hier und mal da. Viel verdient hat er nicht und gewohnt hat er meistens in Hütten aus Plastikplanen und Kartons. Und oft war er krank vor Hitze und Kälte und Regen und Heimweh und Angst, und auf jeder Straße hat er sich umgedreht und hinter sich geschaut, ob ein Polizist kommt, von wegen Ausweisung and so on.
Aber am schlimmsten, sagt die Andrea, war es bei der Tomatenernte, weil da der John immer ans Schildkrötental hat denken müssen. Ein paar mal ist er auf einem Lkw mitgefahren und hat die Tomaten bei einer Fabrik abgeladen, und beim dritten oder vierten Mal hat er Carlos, den Fahrer, gefragt, was sie in der Fabrik mit den Tomaten machen.
„Dosen", hat der Carlos geantwortet.
Von da an hat der John nicht mehr in Spanien bleiben wollen, sagt die Andrea.

„Alemaña", hat der Carlos gesagt, „Germany", Germany ist das reichste Land von Europa, da soll er hingehen. Da hat der John sich auf den Weg gemacht, Richtung Norden, mal zu Fuß, mal heimlich unter der Plane von einem Laster, mal hat ihn einer ein Stück im Auto mitgenommen, sechs Monate lang. Zwischendurch hat er mal hier gearbeitet und mal da und ein bisschen Geld verdient und sich etwas zu essen gekauft, und als er in Frankreich einmal geholfen hat, Gemüse auf einen Lkw zu laden, sagt die Andrea, da hat sich er sich hinter die Kisten gequetscht und ist mitgefahren, und kurz nach Mitternacht ist er mit Chicorée, Lauch und Karotten in Germany angekommen, direkt auf dem Großmarkt, draußen in der Daimlerstraße.

Irgendjemand hat losgeschrien, als er von der Ladefläche gekrochen ist, und schon hat der John sein erstes deutsches Wort gelernt: Polizei! Polizei!, und er hat gleich verstanden: no good word, jedenfalls nicht für ihn.

Aber gekriegt haben sie ihn nicht, und als er erzählt hat, wie er wieder gerannt und gerannt ist, hat die Andrea ihn so fest in ihre Arme genommen, dass dem John die Luft weggeblieben ist, und hat ihm einen Kuss auf die Backe geschmatzt.

„It‘s the right time“, hat Ray Charles dazu gesungen, und die Andrea ist rübergegangen zum Weihnachtsbaum, hat neue Kerzen aufgesteckt und hat sie angezündet.

Und dann hat der John weiter erzählt: Geschlafen hat er erstmal unter einer Brücke, unten am Neckar, aber bald hat er andere gefunden, die auch nach Germany gekommen sind, und ein Bett, in einem alten Haus, zu sechst in einem Zimmer. Und Arbeit hat er auch gefunden, ganz ohne Papiere. Baustelle, Putzkolonne, und dann auf dem Großmarkt.

Den hat er ja schon gekannt, sagt die Andrea.

Dann und wann ist er sonntags in die Kirche gegangen, so wie früher zuhause, und nach dem Gottesdienst haben sie manchmal miteinander geredet, die Andrea und ein paar andere von der Gemeinde und der John und seine Freunde. Und kurz vor Weihnachten hat einer den John gefragt, ob er nicht mitmachen will beim Krippenspiel. Dieses Jahr haben nämlich auch Erwachsene mitgespielt, nicht wie sonst immer nur Kinder. Der Küster hat den Josef spielen wollen und die älteste Tochter vom Pfarrer – die war gerade neunzehn geworden – die Maria, und ein paar Männer vom Kirchenchor die Hirten und Könige, aber sie haben noch einen schwarzen König gebraucht.

„Okay“, hat der John gesagt, König will er gerne mal sein, und gleich am Dienstagabend ist er zur Probe gekommen.

An Heiligabend war es dann so weit, nachmittags um fünf. Ganz vorne auf Hockern und Sitzkissen jede Menge Kinder, dahinter die Erwachsenen, mindestens fünf, sechs Bankreihen voll, und vor dem Altar der Kinderchor in Engelsgewändern. Die Pfarrerin begrüßt alle, das

größte Mädchen aus dem Chor tritt einen Schritt nach vorn, breitet die Arme aus wie der Engel von Bethlehem und ruft: „Ich verkünde euch eine große Freude", und dann geht das Spiel los.
Maria und Josef suchen ein Zimmer und finden einen Stall, sie legen das Jesuskind in die Krippe, ein kleiner Junge aus der ersten Reihe ruft dazwischen: „Und wo sind Ochs und Esel?", und alle lachen.
Jetzt kommen die Hirten und knien nieder vor dem Kind, der Kinderchor singt: „Ehre sei Gott in der Höhe und den Menschen ein Wohlgefallen", und dann treten die Könige auf und bringen ihre Geschenke. Der erste eine Schatulle voller Gold, der zweite ein goldenes Gefäß mit Weihrauchkörnern, und der dritte König, das ist der John.
Aber der John hat in seinen Händen nicht das geschnitzte Holzkästchen mit der Myrrhe, sondern einen großen Korb mit einem rot-weiß karierten Tuch darüber, und alle schauen ganz neugierig auf den Korb und wollen wissen, was darin ist. Und als der John zum Stall hingeht, zieht er das Tuch weg und alle können es sehen: In dem Korb ist keine Myrrhe, in dem Korb sind Tomaten, mindestens fünfzig Stück.
Da haben manche schon wieder gelacht, sagt die Andrea, aber nicht lange.
Denn gerade als der John in den Stall hineingeht und den Korb vor dem Kind auf den Boden stellen will, ruft ein Mann aus der zweiten Bankreihe: „Gotteslästerung!" Einer im schwarzen Mantel, mit grauem Stoppelhaar und Schnurrbart und einem Stockschirm zwischen den Knien. Der Lehmann, sagt die Andrea, der hat bei jedem Wetter seinen Schirm dabei.
Und alle schauen zu dem Herrn Lehmann hin und der sagt noch einmal, ganz aufgeregt: „Gotteslästerung! Der dritte König muss die bittere Myrrhe bringen und sonst nichts!", und die Leute brummeln und murmeln, dann das weiß ja jeder, dass der dritte König dem Jesuskind das bittere Kraut bringt und keine Tomaten.
Da nimmt der John seinen Korb wieder hoch und trägt ihn auf beiden Armen zu den Zuschauern hin und fängt an zu erzählen. Zuerst spricht er ganz leise und allmählich ein bisschen lauter, von den Tomaten in Ghana und in Spanien und auf dem Großmarkt, und wie bitter die für viele sind, aber er kommt nicht weit, weil der Lehmann wieder dazwischenruft: „Gotteslästerung!"
Und überhaupt, schreit er jetzt, was der John eigentlich hier will, er hätte doch in Afrika bleiben und für seine Familie sorgen können, statt sich hier aushalten zu lassen, von unseren Steuergeldern, und sicher ist er nicht mal ein politisch Verfolgter Asybewerber, sondern so ein Wirtschaftsflüchtling und illegal und ohne Papiere, und

jetzt macht er auch noch das Krippenspiel kaputt, und deswegen …
Und gerade als er „deswegen" schreit, schallt eine Stimme durch die Kirche, aber es ist keine Stimme vom Himmel, sondern die von dem Engel-Mädchen, das die große Freude verkündet hat:
„Jetzt reden Sie doch nicht solchen Quatsch!", ruft sie, und aus dem Stall kommt der Josef heraus und ruft: „Ja, sei still, Lehmann, ich kann es nicht mehr hören, illegal, Wirtschaftsflüchtling, wo soll er denn hin, der John?"
Und als der andere immer noch weitermacht mit: „Illegal!" und „Gotteslästerung!", da greift der Josef in den Korb von dem John und nimmt eine Tomate heraus und brüllt wie ein Ochse: „Da hast du deine Gotteslästerung, und fröhliche Weihnachten auch!", und klatscht dem Lehmann die Tomate ins Gesicht.
„Blutrot hat der ausgesehen", sagt die Andrea, „das ganze Gesicht ein einziger Matsch!"
Der Lehmann schwingt seinen Schirm und will auf den Josef losgehen und einer von den Hirten greift auch in den Korb, aber die Maria hält seinen Arm fest, und der Ochs-und-Esel-Junge kräht: „Mama, darf ich auch eine Tomate?", da breitet die Pfarrerin die Arme aus und ruft über das ganze Tohuwabohu hinweg: „Hört auf!"
Und dann sagt sie ganz leise, der John soll die Tomaten ruhig in den Stall zu dem Kind stellen, das geht schon in Ordnung.

„Und danach", sagt die Andrea, „hab' ich den John doch nicht alleine nachhause gehen lassen können." Und aus Solidarität mit ihm verkauft sie heute keine Tomaten und nächste Woche auch nicht, man muss schließlich auch mal konsequent sein und ein Zeichen setzen.
Aber eines sagt sie nicht, und zwar, wie der Weihnachtsabend bei ihr zuhause zu Ende gegangen ist. Das war nämlich so:
Es ist spät geworden, die Plätzchendose ist leer und die Weinflasche auch, auf der CD schmachtet Ray Charles gerade: „Baby, it's cold outside", und die Betty Carter singt ihm hundert Gründe zurück, warum sie trotzdem nachhause gehen muss, und auch der John zieht seine Jacke an und verabschiedet sich. Er steht schon unter der Tür, da sagt die Andrea:
„Was willst du jetzt raus bei der Kälte?", und der John dreht den Kopf und schaut sie über die Schulter an.
„Ist doch Quatsch", sagt sie und er wendet sich ganz zu ihr um und versteht überhaupt nichts.
Und sie sagt: „Bleib halt hier."
Der John bekommt große Augen und weiß zuerst gar nicht, was er sagen soll, aber dann sagt er: „Ok, baby, it's cold outside", und den Rest erzählt die Andrea ganz be-

stimmt niemandem, aber daran wird sie noch lange denken, wie der John ihr die Füße gewärmt hat in der Heiligen Nacht, ja fröhliche Weihnachten auch, ich verkünde euch eine große Freude!

Kapitel 4

Hasan Dewran

Zu dir

Wenn ich dich höre,
will ich dich sehen.

Wenn ich dich sehe,
will ich dich umarmen.

Wenn ich dich umarme,
kann ich dich nicht loslassen.

***

Hasan Dewran

Tu ser (Zazaisch)

Mı ke tu hesna,
wazon tu bıvini.

Mı ke tu diya,
wazon vırare to rani.

Mı ke vırare fişte to ra,
wazon tu rameverdi.

***

Sana doğru (Türkisch)

Seni duyduğumda
görmek istiyorum.

Gördüğümde
sarılmak istiyorum.

Sarılınca da
Bırakamiyorum.

Manfred Klenk

Heimspiel

Du sagst,
Heimat sei dir
Stadt, Land, Sprache im Fluss,
Wortgeruch ortansässigen Tonfalls,
Pusteblume auf kuschelgrüner Wiese,
Zahnloser Löwen trautes Daheim.

Ich meine,
Heimat ist ein rührseliger Raum,
Eingekerkerte Gewohnheit,
Kleinstadt einwärts, Siedlung mit Zwerggarten,
Zierpflanzenbegrenzung im DIN-A-Vier-Format.

Du sagst,
Heimat sei dir das Duftstoffgemisch
Der Obst- und Gemüsestände
Auf dem Wochenmarkt,
Schürze mit Kopftuch, Stock und Hut,
Spaziergangs Ritual mit Grabschmuckbeigabe.

Ich meine,
Heimat ist das Relief der Erinnerung,
Gravur im Gedächtnis mit Reizwirkung,
Ein externer Speicher auf der Festplatte,
Kinderzimmer vorm Oberstübchen.

Du sagst, wenn ich bei dir sei,
Wärme, Nähe uns umgebe,
Erhöhe sich dein Zuhause,
Von diesem Hügel aus du liebtest
Alle Heimaten der Welt, besonders
Mein Heimspieltrikot.

Hasan Dewran

Ich schaue

aus dem Fenster
die Berge der Weite
von Weitem an
und dabei frage ich mich,
warum bin ich
im engen Zimmer.

Bernhard Schader

Vielleicht

„Heimat“, sagst du und gießt den Kaffee ein, und ich frage zurück: „Heimat? Was soll das sein?“, und du lachst.
„Da, wo du herkommst vielleicht“, sagst du, „wo du Kind warst.“
Deine rote Couch, die roten Sessel. Auf dem Fahrradweg hinter dem Garten eine Frau mit blau flatterndem Regencape.
„Warum?“, frage ich und greife nach dem Milchkännchen. „Kind will ich nicht mehr sein. So schön war es nicht, Kind zu sein.“
„Nein?“ sagst du, und deine Augenbrauen gleiten nach oben, scheinbar staunend.
„Nein. Du weißt es.“
Du schaust mich zweifelnd an, wartest ab, ob ich weiter spreche, zögerst deine Antwort hinaus, dann endlich sagst du:
„Ich weiß … Deine Eltern, deine Lehrer, der Pfarrer ...“
„Nicht nur die. Die Sonntagsanzüge. Das Kriegerdenkmal im Stadtpark. Der Männergesangsverein. Die eilig angezündete Kerze vor der Madonna im Wohnzimmer, bei jedem Gewitter. Die stolze Gewissheit, dass warmer Mief der Lunge nicht schadet, die ganze ungelüftete Kleinstadt. Nie wieder.“
„Heute denken sie anders.“
„Wahrscheinlich“, sage ich. „Aber heute bin ich nicht dort.“
Du gibst nicht auf: „Schön ist es da.“
„Ja“, sage ich und denke an Hügel und Weinberge, an Sommerabende auf dem Kirchberg, an Käsekuchen im Gartencafé neben dem Mühlrad im Tal, an Fachwerkhäuser und Sonnenschein. Auch an den Bach hinter dem Haus, abwechselnd rot, blau, grün, gelb gefärbt vom Abwasser der Papierfabrik.
„Sie haben den Dreck einfach so rauslaufen lassen“, sage ich, „die Schweine.“
„Schon lange nicht mehr“, sagst du. „Die Fabrik ist längst abgerissen. Aber es gibt den Marktplatz, die Altstadt, die Platanen, die Linden, ein Straßencafé neben dem anderen ... Fast wie im Süden.“
„Heute. Du hättest es damals erleben sollen.“
Du trinkst einen Schluck von deinem Kaffee. An deinem Arm eine neue Uhr.

„Und hier, wo du heute lebst?“, fragst du weiter. „In dieser Stadt? Ist da keine Heimat für dich?“
„Ich bitte dich! In dieser Stadt?“

Wieder lachst du, amüsierst dich über mich, über mein Unvermögen, an dieser Stadt Gefallen zu finden, meinen Widerstand, meine Weigerung, mich auf sie einzulassen. Das Schloss nennst du, die Jesuitenkirche, den Wasserturm, die Einmaligkeit der Quadrate im Zentrum.
„Steine", sage ich, „hübsch gesetzte Steine, totes Gemäuer. Quadratisch, praktisch, und viel Beton."
Die großen Parks zählst du auf, den Rhein, den Neckar, die Wälder, lebendig das alles; auch das Theater, Konzerte, Kneipen und Restaurants.
Ich winke ab. Heimatgefühle hat diese Stadt mir nie bereitet. Ein paar Freunde habe ich gefunden, die ich liebe und schätze, aber Heimat: nicht hier.
„Der kernige Dialekt", hältst du dagegen, „die Bodenständigkeit der Menschen, die klare Sprache."
Es klingt wie einer dieser Weihrauchsätze aus dem Lokalteil der Zeitung – unsere wunderbare Stadt und ihre großartigen Bürger! Höre ich da diesen zarten, arglistig sanft ironischen Ton, der mich so oft irritiert hat? Ich bin nicht sicher, suche in deinem Gesicht, aber ich finde nichts.
„Die Sprooch?", spiele ich den Entsetzten, „die Moannemer Sprooch?"
Du jubelst, klatschst Beifall. „Perfekt! Du bist ein echter Bürger dieser Stadt!"
„Perfekte Imitation!", stelle ich klar, „nichts weiter!", und du, meine Imitation imitierend, lenkst kichernd ein: „Alla gut."
Dein altes Kichern.
Ob ich noch Kaffee möchte? Du füllst meine Tasse, noch während ich überlege, ob ich ja oder nein sagen will.

„Könnte denn Sprache deine Heimat sein?", fragst du, jetzt wieder ganz ernsthaft. „Nicht die hiesige, sondern ganz allgemein, die deutsche vielleicht?"
„Sprache als Heimat? Findest du das nicht ein wenig abstrakt?"
„Nein", widersprichst du, „nein, nein! All die Romane, die Storys, die Essays, die du Tag und Nacht liest – könnten Literatur und Sprache nicht deine Heimat sein? Autoren und Protagonisten deine Freunde?"
„Ich weiß nicht ... Eine Wohngemeinschaft mit Franz Kafka und Oskar Matzerath? In Goethes Gartenhaus oder in Schillers Mannheimer Häuschen? Als Nachbar Felix Krull, und Madame Bovary als Geliebte?"
Du schaust mich an, wiegst den Kopf: „Sicher nicht einfach", und beginnst ganz schamlos zu grinsen.
Die feinen Falten auf deiner Stirn – waren es immer so viele?
„Und komm' mir nicht mit dem Volk der Poeten und Philosophen und der großartigen Kulturnation", setze

ich nach und bin für eine Sekunde erschrocken über die Schärfe in meiner Stimme.
„Schon gut!“ Abwehrend hebst du die Hände; du weißt, was jetzt kommt, und ich weiß, dass du es weißt, und erspare uns meine abgewetzten Statements über KZs und neue Nazis, alten Militarismus und Freiheitsverteidigung am Hindukusch, über Hartz-4-Armut, Kinderarmut, Altersarmut, abgefackelte Flüchtlingsheime und hirnvernebelte Weihnachtsmarktglühweinglückseligkeit, verzichte auch auf mein störrisches Bekenntnis, dass ich mit Stolz ein vaterlandsloser Geselle bin.
„Schon gut.“ Du verschränkst die Arme vor der Brust. Deine Hände, noch immer zum Anfassen schön.

Wir schauen aus dem Fenster. Draußen ist es grau, um die alte Schwarzerle schwirren und kreiseln tausende von Staren, sammeln sich zum Abflug ins Winterquartier.
Ob sie in ihre Heimat fliegen, fragst du, oder die Heimat verlassen, vorübergehend?
„Es ist ihnen egal“, sage ich, „sie fliegen einfach dahin, wo es warm ist, und kommen zurück, wenn ihnen dort zu heiß wird. Brauchen sie eine Heimat?“
Wir schweigen, trinken unsere Tassen aus, hören dem wirren Zwitschern und Tschilpen zu, dem Schreien und Rufen.
Die neue Frisur steht dir gut, die dunkler getönten Haare.

„Nicht in den Büchern“, sagst du schließlich, „nicht da, wo du herkommst, nicht hier, wo du lebst – was also bleibt dir, du Heimatloser? Ist Heimat auf ewig für dich unerreichbar?“
„Wäre das so schlimm?“, frage ich zurück. „Auch Mose hat nie das gelobte Land erreicht.“
„Mose?!“, sagst du und hast diesen spöttischen Zug um den Mund, wie früher. „Mein armer verlorener Mose!“, und dann kicherst du wieder, und hinter dem kichernden Spott möchte ich deine Zuneigung hören und deine Nähe.
„Nirgendwo also ist Heimat für dich?“
„Nirgendwo“, sage ich, und schaue in dein Gesicht, sehe, wie deine Augen rund werden, deine Augenbrauen sich heben, deine Stirn sich faltet, aber du sagst nichts mehr.
Vielleicht …, denke ich, und du errätst es, siehst es an meinen Augen und meiner Stirn, und lachst. Vielleicht bei dir, denke ich und lache mit dir, vielleicht bei dir hätte Heimat sein können.

Manfred Klenk

Wo Bill zuhause ist

Bill hat das Recht
Waffen zu tragen
Das Böse / wildes Getier
Ballistisch berechnet
Gezielt zu erjagen.

Bill darf die Freiheit
Mit Patronenhülsen ummanteln
Justitia durch Blei
In Faustrecht verwandeln.

Denn Bill hat das Recht
In Gefühlslagen Not
Haus und Hof zu schützen
Auf alles zu schießen
Was Land und Besitz bedroht.

Western Scharia: fünf Ave-Maria
Vor dem Duell der Scharfschützen
Noch schnell ein Gebet gen Himmel
Geschickt: Die Liebste / High Noon!
Mit jenem Gesang hoch beglückt:

„Do not forsake me oh my Darling!"
The weapons are locked and loaded.
Jetzt aber forsch den Abzug gedrückt –
Sheriff's Gunfighter

Stets heiter im Schritt
Die Füße gespreizt / die Hähne
Gespannt / den Waffenlauf geladen:
Augen Auf! – Hier kommt Bill.
Bill of Rights. Billy – the Kid.

Hans-Walter Voigt

Der Wintermantel

Eisiger Wind weht
Durch den halb geöffneten Mantel
und bläst ihn von der Seite hoch.

Ich vergaß, ihn zu schließen trotz
deiner eindringlichen Ermahnung

damals, als du mir sanft den Schal
um meinen nackten Hals gelegt.

Die Tage sind kälter geworden,
du bist so weit weg,
ich friere,

der Wind dringt durch
die Winterstille,
aus nachtblauer Tiefe
steigen deine Worte
urplötzlich zu mir.

Erstarrt stehe ich da
und wärme mich
an deinem Wort.

Hasan Dewran

An deinen Lippen

An deinen Lippen
die Heimat.
An meinen Lippen
die Fremde.
Komm,
zögere nicht, Geliebte,
lass' uns einander umarmen
und küssen.

Ein wenig
die Fremde beheimaten,
ein wenig
die Heimat befremden.

Hans-Walter Voigt

Zuversicht

Beim nächsten Komma
wird alles anders,
dachte der Dichter,

und er spürte, wie sich die Wörter,
gedankeneinwärts hervorgebracht,
schamlos eng aneinander reihten,
miteinander verschmolzen
zu einem großen Ganzen,
das vor ihm noch keiner gesehen hatte.

Der Schweiß perlte ihm von der Stirn,
und er zitterte
vor dem Punkt.

Manfred Klenk

Oum Kulthum

Aus Koffer-Transistoren
Über den Dächern der Stadt,
Durch Beton-Ruinen drang einst
Ihr „Al-Atlal“ – Oum Kulthum,
Die große Stimme: Rose vom Nil.

Im Café Riche
Zeit enthoben ihr Gesang, an den Wänden
Im Hochglanz-Café haftet noch immer
„Um al-Dunya“ – Mutter der Welt,
Bring‘ mich zu meinem geliebten Land ¬–
Gewidmet den Menschen im Delta des Nils.

Oum Kulthum!
Weiblicher Klang der Levante,
Orients Stimme voll Lebens Schwung,
Den Worten Ausdruck und Tiefe verleiht
Ihr Spiel: Tonvariation auf einer einzigen Silbe,
Rhythmische Wechsel evozieren Begeisterung.

Ich bin frei,
habe meine Ketten gesprengt. –
Eigenständig, selbstbewusst
Über die Schranken starrer Verhaltensnorm
Gesprungen, über arabische Mauern hinweg
Das Lied einer Frau gesungen – Oum Kulthum!

„Enta Omry“ –
Denn du bist mein Leben.
Ein nie versiegender Fluss:
„La Ya Habibi“ –
Unsterblicher Kuss, den Liebenden Mut zu geben.

Dein Habibi bleibt – es bleibt
Den Herzen Trost und Fülle,
Streut über Ruinen Zuckerblumen,
Rosenblüten, in den Tee Kamille –
Habibde!

Hasan Dewran

Weg mit Grenzen

Mein Begehren
meine Sehnsucht
meine Gedanken
langen überall hin,
aber
dieser Körper
mit
zwei Beinen
zwei Füßen
mit fingrigen Händen
lässt mich nur zuhause bleiben,
sonst –
wäre meine Heimat überall,
im All.

Manfred Klenk

Antiochia seismographica

Du, Stadt aus tausend Nächten
    In einer Nacht erwacht,
    Unweit der Strände Antiochias,
    Einst Zentrum der Gelehrsamkeit
    Von Juden, von Maroniten,
    Von den Islamgelehrten auch,
    Nahe Aleppo, jenem Ort,
    Wo Paulus dem Saulus der Zeit
    Noch Briefe schreibt per SMS
    In jede Himmelsrichtung.

Wo nur in zwei Minuten einer Nacht,
    Die Erde schüttelnd haltloses Gebälk,
    Mauerwerk, Kurzsicht-Beton,
    Mensch und Zuhause niedergerüttelt,
    Dem Erdboden gleich, die Stadt
    Dar niederfällt und brennt –
    Auf Schahrasads Wort,
    Das Leben verlängernde Mär,
    Zerstörtes Sein, der Seelen Haut
    Zu retten in den neuen Tag.

Dein Kelch des Leidens bis zum Rand
Gefüllt: von Krieg, Embargo, Pandemie,
Von bebendem Boden
    Erschütternd' Gewalt.
    Kein Stein der Weisen
    Noch auf anderen steht.
    Alf layla wa-layla –
    Schahrasads Erdstoßgebet.

Bernhard Schader

Sing weiter, Oswald!

Ich hab' geträumt, Oswald, auch heute hab' ich es wieder geträumt. Ceuta, Ceuta ... Oswald, es hat mich gegraust.

Erinnerst du dich? Die Kälte der Nacht, der sternklare Himmel, die raue See. Am Bug, den Hut weit aus der Stirn geschoben, der große Heinrich, der Prinz und Weltenentdecker, den Blick nach vorn gerichtet, unentwegt, von Anfang an, als sähe er die Küste drüben schon, als wir ablegten am späten Abend. Hinter ihm die Getreuen, die tapfersten der Tapferen, mit ihnen die klügsten der Klugen, Navigatoren, Erdvermesser, Kartenzeichner, Schreiber, Chronisten. Und mitten unter ihnen du, Wolkensteiner, in deiner Hand die Laute, in deiner anderen der Wimpel mit dem Kreuz.
Sing, Oswald, sing es noch einmal:

Auf Abenteuer wollt' ich ziehen
durch Tal und Berg, damit ich nichts verschlafe ...

In der Frühe die Landung, das erste Licht auf den Hügeln. Bald leuchtete sie in der Morgensonne, die alte Stadt der Griechen, der Karthager, der Römer: Ceuta, die prächtige. Die Stadt der weitgereisten Händler, die jede Straße kannten auf dem fremden Kontinent und jeden Weg, die allerorten kauften und verkauften: Gold, Gewürze, Elfenbein. Ceuta, die reiche, die stolze, das Tor nach Afrika. Ceuta, seit hunderten von Jahren in der Hand der heidnischen Mauren.
Nach Afrika!, war unser Ruf. Wir bringen den Heiden den Glauben und holen Getreide und Gold für König Johann und Portugal! Nach Afrika! Afrika!

Ich hab' es wieder gehört heute Nacht, das Brüllen des schwarzen Hünen. Und dann das Flüstern: Ceuta, Ceuta, willkommen in Ceuta! Es hat mich gegraust, Oswald, das Flüstern hat mich gegraust.

Erinnerst du dich an unseren Schreck? Vor den Mauern der Stadt tausende in Waffen, mehr, viel mehr, als wir erwartet hatten. Sie zogen uns entgegen, wild und wütend, beschossen uns mit Pfeilen, hieben auf uns ein und trieben uns zurück fast bis ans Meer. Mit Mühe sammelten wir uns und fassten Mut, griffen sie wieder und wieder an, Stunde um Stunde, du in der ersten Reihe, der Kühnsten einer, doch sie gaben nicht auf.
Der Mann, der ihnen voranging, um einen Kopf größer als sie und wir alle – bis heute sehe ich es vor Augen,

klingt es in meinen Ohren: Wie er sie anfeuerte, aufstachelte, lenkte, schreiend Befehle erteilte mit der Stimme eines Löwen, wie er auf unsere Männer einschlug, brüllend, in jeder Hand eine Waffe, und einen nach dem anderen tötete, zu unserem Entsetzen, ein Gigant, fast nackt und schwarz von Kopf bis Fuß, ein Hüne!
Schon tief im Westen stand die Sonne, als endlich es einem der unseren gelang, eine Lanze in seinen Leib zu stoßen, dass sie zum Rücken wieder heraustrat. Er schlug zu Boden wie eine geborstene Säule.
Das war unser Sieg, Oswald! All seine Männer flohen, wir stürmten die Stadt und trieben die Heiden aus ihren Löchern. Sing, Oswald, einäugiger Freund, sing es noch einmal!

Auf Abenteuer wollt' ich ziehen
durch Tal und Berg, damit ich nichts verschlafe …
Von Lissabon ins Berberland
nach Ceuta, das ich weiland half erobern,
wo viele stolze freie Mauren
aus ihrem Hause fliehen mussten durch die Hintertür.

Die mächtigen Kaufleute, die reichen Händler, Mauren, Berber, Schwarze, samt ihren Frauen und Kindern, Dienern und Mägden, die Ungläubigen liefen kreischend und wimmernd davon. Viele haben wir erschlagen, noch mehr verjagt und manchen in die Sklaverei geschleppt.
Wie wir gefeiert haben in der Nacht! Wie stolz und hochgemut wir waren! Der Wein, die Lagerfeuer, deine Lieder, über uns die Sterne der Wüste und zwischen uns das Berbermädchen mit der sanften Stimme: Willkommen in Ceuta! Wie Brüder haben wir geteilt, den Wein und das Mädchen. Die kleine Schöne hat der Pfaffe am nächsten Morgen getauft. Ach, Oswald, was für ein Leben!

Von dem Berbermädchen hab' ich geträumt heute Nacht. Willkommen, hat sie gerufen, willkommen! Doch ihre Stimme war rau.

Ceuta war der Anfang. Von da aus zogen sie weiter, die Küste im Westen entlang, hinunter bis zum Delta des Nigerflusses, eroberten Dörfer, Städte und Inseln, bauten Festungen, erwarben mehr Gold und Getreide und nahmen mehr Sklaven als je irgendeiner zuvor.
Wir beide aber zogen nicht mit ihnen, wir segelten zurück, zurück nach Europa. Erinnerst du dich? Das Wirtshaus in Überlingen, der saure Wein, der halsabschneiderische Wirt, fünfzehn Schilling für ein paar Pfifferlinge und sechzehn Heller für ein Ei! Der Sturm, der harte Schlag der Wellen gegen das Boot, als wir übersetzten nach Konstanz.

Kapitel 4

Konstanz quoll über von Kardinälen, Bischöfen, Professoren, Fürsten und Königen und ihren Diplomaten, Sekretären, Kammerdienern, Pferdeknechten und Köchen, versammelt zum Konzil.
König Sigismund hat dich empfangen, willkommen, Wolkensteiner! Welche Ehre, Oswald, welche Freude! Vor ihm hast du gesungen und erzählt: Ceuta gefallen! Die Ungläubigen vertrieben!
Bald hast du in der ganzen Stadt gesungen, vor all den hohen Herren, auf allen ihren Festen, und überall verkündet: Ceuta gefallen! Die Heiden verjagt!

Ich habe geträumt, Oswald. Der schwarze Feldherr hat lange weiße Lappen um seine gewaltigen Hände gebunden. Es hat mich gegraust. Das immerwährende Flüstern hat mich gegraust.

Ceuta!, riefen die erhabenen Gäste, Afrika! Afrika wird erobert! Das Christentum für die Heiden! Sing für uns, Wolkensteiner, sing!

Ceuta, das ich weiland half erobern,
wo viele stolze freie Mauren
aus ihrem Hause fliehen mussten durch die Hintertür.

Jubel schlug dir entgegen, Bewunderung, Lob. Wie waren wir glücklich, Oswald! Der Sternenhimmel über dem See! Die durchzechten Nächte, die Musik, die Tänze! Die munteren Töchter der ehrbaren Konstanzer Bürger! Wie sie geschwärmt haben für deine Lieder und für dich! Und siebenhundert Huren in der Stadt, siebenhundertfach: Willkommen, ihr Herren, womit können wir dienen?
Draußen vor den Mauern, der Ketzer, Luzifer soll ihn holen, der die Heilige Schrift verfälscht hat und die Ordnung der christlichen Stände auflösen wollte – erinnerst du dich, wie er geschrien hat, als die Flammen hochschlugen? Was für eine Stadt! Was für ein Leben! Sing, Oswald! Sing!

Auf Abenteuer wollt‘ ich ziehen
durch Tal und Berg, damit ich nichts verschlafe …

Sie kommen, Oswald. Sie kommen. Ich hab‘s gesehen in meinem Traum. Es hat mich gegraust.
Ceuta hat keine Mauern mehr, ich hab‘s gesehen. Sie haben einen Zaun gezogen um die Stadt, einen Zaun aus eisernem Draht, höher als drei groß gewachsene Männer, bewehrt mit hunderttausend scharfen kleinen Klingen, bewacht von tausend Wächtern.
Und draußen vor dem Zaun stehen die Enkel des schwarzen Giganten. Sie sind viele, Oswald, ich sehe es in mei-

nem Traum, viele tausend, ein Heer, größer als damals das unsere. Um ihre Hände haben sie Lappen gewickelt, damit der Draht sie nicht schneidet. Und sie flüstern. Ich hab's gehört, wie sie flüstern. Ceuta, flüstern sie, Ceuta, Ceuta, Tor zu Europa, wir erobern Ceuta.
Aus den Fenstern der Hurenhäuser von Konstanz winken die Töchter des Berbermädchens und die Enkelinnen des schwarzen Hünen. Sie lachen und johlen und rufen uns zu: Nicht mehr lange, ihr Herren, nicht mehr lange! Und vor der Stadt auf der Wiese steht der Ketzer im schwarzen Talar, reckt die Faust zum Himmel und ruft: Willkommen! Willkommen!
Die am Zaun werden mehr und mehr, Stunde um Stunde. Von Osten kommen sie und durch die Wüste im Süden, die Küste im Westen entlang, aus Lagos und Accra und vom Delta des Niger. Sie klettern an den Drähten empor, steigen über den Zaun, verjagen die Wächter.
Wo ist unser Getreide?, flüstern sie. Unser Gold? Unsere Dörfer, unsere Inseln?
Wo sind unsere Ahnen?, flüstern sie. Unsere Urgroßmütter und Urgroßväter? An wen habt ihr sie verkauft?
Europa, flüstern sie, Europa, Europa, Ceuta, Europa.
Es graust mich, das Flüstern graust mich. Sing, Oswald, sing es noch einmal:

Von Lissabon ins Berberland
nach Ceuta, das ich weiland half erobern

Sie kommen, Oswald, sie kommen. Ich hab's gesehen. Hörst du den Ketzer, wie er ruft? Hörst du das Berbermädchen? Willkommen in Ceuta, rufen sie, willkommen in Europa! Willkommen! Willkommen!
Ach, Oswald, was für ein Leben!

Kapitel 5

Wo das freie Wort,

Vertraute Sprachkultur verboten,

wo Migration zum Verlust

der Muttersprache führt, beginnt bereits

– Heimatlosigkeit –

Die Stunde, wenn Dalands Schiff ankommt	Text-Collage Manfred Klenk
Holländers Fluch	Gedicht Hans-Walter Voigt
Der Bürger und der Staatsmann	Gedicht Hasan Dewran
Das verbotene Wort	Gastbeitrag: Gedicht Rita Hausen
Worte in Prag. Worte in Konstanz	Jan Hus–Prosa Bernhard Schader
tränenbitter	Gedicht Manfred Klenk
Für das freie Wort	zur iranischen Dichterin Atefeh Chaharmahalian
In den tristen Augenblicken	Gedicht Atefeh Chaharmahalian
In den tristen Augenblicken	Gedicht auf Farsi Atefeh Chaharmahalian
Das ewig schöne Lied	Gedicht Hasan Dewran
Abschied	Gedicht Hans-Walter Voigt
Heimat.Zeiten.Sprünge	Prosa Bernhard Schader
Aphorismus	Hans-Walter Voigt

Wo das freie Wort,
Vertraute Sprachkultur verboten,
wo Migration zum Verlust
der Muttersprache führt, beginnt bereits
– Heimatlosigkeit –

„Was schmerzt mehr,
die Heimat oder Heimatlosigkeit?
Ich weiß es nicht genau.“

(Hasan Dewran)

Manfred Klenk

Die Stunde, wenn Dalands Schiff ankommt

Wenn der Wind aufhört,
und die Brise nicht mehr atmet
wie die Stille im Wind,
bevor der Hurrikan beginnt,
die Stunde, in der das Schiff ankommt*

Mögst du, mein Kind,
den fremden Mann willkommen heißen,
den Heimatlosen,
unstet, auf weiten Reisen,
in fremden Landen er

Aus seinem Vaterland verwiesen,
Sprich, Senta,
würd' es dich verdrießen,
wenn dieser Fremde
bei uns wohnt?*

* Collage aus „The hour when the ship comes in" (Bob Dylan, 1963) und Richard Wagners Libretto zum „Fliegenden Holländer" (1843)

Hans-Walter Voigt

Holländers Fluch

Herrenlose Meere.
Tausend offene Kanäle.
Hinaus! Hinaus!

Verboten die Tränen des Heimwehs.
Schließe die Lider,
das Nebelhorn dröhnt.

Borddielen knarren, ihr Lied
dem immer noch Wachen
in wellenwiegenden Schlaf.

Hasan Dewran

Der Bürger und der Staatsmann

– Mal der Gendarm, mal der Räuber
überfallen mein Haus.

– Verlass dein Haus, verlass dein Dorf!

– Ich darf meine Sprache nicht sprechen.

– Da ist die Schere, nimm sie und
schneide dir die Zunge ab!

– Oh, so ein Leben,
es ist schlimmer als der Tod.

– Na, na, na, wer wer schenkt dir denn
einen leichten Tod!

Rita Hausen*5

Das verbotene Wort

Das verbotene Wort, es flüstert leise,
Es schwebt in der Luft, fast unsichtbar
Doch hat es geheime Macht
Und wartet auf den Tag, an dem es befreit
Die Lüge entlarvt und verschlossene Türen öffnet

Kapitel 5

Bernhard Schader

Worte in Prag. Worte in Konstanz

1415

Einer stochert in der Asche, rührt sie durch. Es staubt.
„Genug", sagt der andere.
Gemeinsam schaufeln sie die Asche auf den Karren, ziehen sie hinunter zum Ufer, kippen sie in den Fluss.
„Das war's", sagt der eine.
Du hättest nicht nach Konstanz reisen sollen, Jan. Du hättest zuhause bleiben sollen.
Hast du wirklich geglaubt, sie halten Wort? Du hast sie doch gekannt. Ihr eigenes Wort hat ihnen selten etwas gegolten.
Dein Wort wollen sie nicht hören. Schon damals in Prag. Erst werfen sie dich, den Professor, aus der Universität, dann verbieten sie dir das Predigen. Du hältst dich nicht an ihr Verbot, zeigst ihnen, dass du entschlossen bist, weiterzumachen, ganz gleich, was sie sagen. Später verbannen sie dich aus der Stadt. Du machst auf den Dörfern weiter.
Hast du gedacht, sie nehmen das hin?
Nur die Bibel lehrt den rechten Glauben, predigst du, nicht der Papst. Das Buch, das Wort ist die Quelle der Wahrheit.
Der Christ ist einzig Gott und seinem Gewissen unterworfen. Nicht der Papst vergibt Sünden oder der Priester, nur Gott allein.
Du zitierst den großen Wiclyf aus England: Der Papst soll der Ärmste und Demütigste von allen sein und der Aufrichtigste in der Kirche Christi.
Jan, du Verrückter! Sie brüllen vor Lachen!
Du schreibst und redest weiter:
Die Kirche braucht keinen Papst und keine Bischöfe, Christus ist ihr Oberhaupt, sonst keiner. Sie braucht keinen Weihrauch, keine Reliquien und keinen Zölibat.
Der Ablasshandel ist Unrecht. Die Kreuzzüge sind zuallererst eine Einnahmequelle für den Papst und ebenfalls Unrecht.
Manche Häupter der Kirche sind in Wahrheit Glieder des Teufels.
Jetzt brüllen sie vor Wut. Dann beratschlagen sie, wie sie dir den Mund stopfen können, dass kein Wort mehr herauskommt.

Du sollst kommen und Rede und Antwort stehen. Freies Geleit verspricht dir König Sigismund. Du glaubst, sie wollen dich anhören, machst dich auf den Weg nach Konstanz.
Pass auf, Jan, pass auf dich auf!

Die Fürsten, weltliche wie kirchliche, sollen ein ehrbares Leben führen, sagst du. Wirfst ihnen an den Kopf, dass sie fressen und saufen, alles vom Feinsten, sich Maitressen halten, Geliebte, sich Huren ins Haus bringen lassen. Predigst gegen den Ehebruch im Angesicht von König Sigismund, von dem doch jeder weiß, dass keine Frau von Stand sicher ist vor ihm.

Ein großes Konzil, Jan, so viele Männer, und du willst ihnen den Spaß verderben? Hast du gedacht, aus Hurenböcken machst du fromme Lämmer, wenn du ihnen predigst?

Du bleibst hart. Gegen ihr Ämtergeschacher redest du. Sie hatten es sich so schön eingerichtet: Füllst du mir den Beutel, mache ich dich zum Bischof. Unterstützt du mich bei der Papstwahl, gebe ich dir ein Erzbistum. Führst du deine Bauern für mich in den Krieg, bekommst du von mir ein schönes Land. Gut eingespielt seit langer Zeit, bewährt und bequem, ein wunderbares Geben und Nehmen. Und du spuckst ihnen deine Worte in die Suppe.

Da lassen sie dich die Suppe auslöffeln. Bis der Topf leer ist.

Wunderst du dich?

Vor Sonnenaufgang zwei Männer in Waffen.

„Hier", sagt der eine.

Der andere hämmert gegen die Tür.

Sie holen einen Mann aus dem Haus, fesseln ihn, führen ihn zum Kloster und sperren ihn in einen Verschlag.

„Der Ketzer", sagt der eine.

Ketzer nennen sie dich. Sei vorsichtig, Jan.

Was wird aus dem freien Wort, wenn du es nicht mehr aussprechen kannst?

Du bleibst unbeugsam, aber du wirst nicht bitter. Deinen Getreuen zuhause schreibst du Briefe aus dem Gefängnis: Verzweifelt nicht! Macht weiter! Lebt unsere Sache!

Und du Jan? Und dein Leben? Wer anderen Wege zeigt aus Finsternis und Unterwerfung, sollte der ihnen nicht erhalten bleiben? Sie haben dich doch gebraucht in Böhmen, in Prag!

John Wiclyf, von dem du so viel gelernt hast, können sie erst nach seinem Tod zum Ketzer erklären. So sind sie, Jan: Dreißig Jahre nach seinem Tod verurteilen sie einen zum Tod. Weil er nicht ihrer Macht, ihrem Reichtum, ihrer Menschenschinderei das Wort geredet hat. Weil er dem Volk das Wort der Bibel gegeben hat, übersetzt in die Sprache des Volks.

So sind sie, Jan: Sie verbieten nicht nur seine Bücher. Sie lassen seine Gebeine ausgraben, verbrennen sie in aller Öffentlichkeit und streuen die Asche ins Wasser. Damit nur jeder weiß, was ihm geschehen wird, wenn er aufsteht gegen sie. Mächtige machtgeile Irre. Gefängnis oder

Irrenhaus, man weiß nicht, wo sie besser aufgehoben wären.
Gegen die stehst du auf. Mit deiner Unerschrockenheit. Deiner Tapferkeit. Mit deinem Wort. Was tust du Jan? Du kennst sie doch!
Zu seinen Lebzeiten konnten sie Wiclyf nicht zerstören. Er war nicht tapferer als du, Jan, nicht klüger. Er war in der stärkeren Position.
Er hatte das Volk hinter sich. Die armen Leute. Die halb verhungerten Bauern. Sie haben seine Bibel verstanden. Sie haben gehört und gelesen, dass da nicht steht: Du sollst dem Bischof gehorsam sein. Du sollst dem Kardinal Steuern zahlen. Du sollst dem Fürsten Frondienste leisten und dich von seinen Knechten schlagen lassen, weil Gott es so will. Sie haben verstanden, was das heißt: Erlösung. Frohe Botschaft. Sie haben ihre Köpfe erhoben und ihre Sensen und Äxte aus den Schuppen geholt, haben den Rotberockten, Gutgekleideten, Wohlgenährten die fürstlichen Gärten zertrampelt und ihre Schlösser und Bischofspaläste gestürmt, wie England es noch nicht gesehen hatte.
Auch du, Jan, übersetzt die Bibel. Ins Tschechische! Für deine aufsässigen Böhmen die Bibel in der Sprache ihrer Heimat! Die Fürsten brauchen Ruhe und Einheit, Sigismund ist auch König von Ungarn und an der Grenze Ungarns stehen die Türken. Der König will Kaiser werden um das Reich zu einen, und du unterstützt die böhmischen Separatisten! Ins Tschechische!
Jan! Du weißt doch, dass sie wissen: Die Sprache, das Wort sind nicht Schall und Rauch. Das Wort, das freie Wort wird leicht zur befreienden Tat, wenn es die Volksmassen ergreift.
Ein Prozess, an drei Tagen.
„Irrtümer“, sagt einer. „Häresien. Ketzerei. Verführung des Volks.“
„Insubordination“, ein anderer. „Ungehorsam gegen die Kirche.“
„Widerrufe!“, schreien sie. „Bereue! Schwöre ab!“
Du widerrufst nicht. Du schwörst nicht ab. Du bestehst auf der Freiheit des Worts, auf der Kraft und der Gültigkeit der Argumente.
Deine Unerschrockenheit, Jan! „Beweist mir mit der Schrift, dass ich unrecht habe.“ Ach Jan! Argumente! Beweise! Das ist deine Welt, die Heimat deines Denkens, nicht die des Ihren.
Todesmutig bist du.
Davor hatten sie Angst in England: Dass die Bauern wiederkommen, wenn sie Wiclyf antasten. Also ließen sie ihn am Leben.
Und davor haben sie Angst im Reich: Dass die Bauern in Böhmen, die armen Leute es genau so machen könnten

wie die in England, wenn du weiter predigst. Aber noch bist du nicht stark genug. Noch müssen sie keinen Aufstand fürchten, wenn sie dich zerstören. Noch hat das Wort zu wenige ergriffen.
Von der Kanzel herab das Urteil:
Häretiker. Verführer des christlichen Volks. Kein wahrhaftiger Prediger des Evangeliums. Hartnäckiger und unverbesserlicher Irrlehrer.
Die Heilige Kirche hat nichts mehr zu tun mit Jan Hus. Sie überlässt ihn der weltlichen Rechtsprechung. Amen.
Kein Weihrauch steigt auf.
Hörst du, Jan, wie sie mit Worten die Hirne zu vernebeln suchen: Die Heilige Kirche ermordet keinen. Sie hat nur nichts mehr mit ihm zu tun. Wärst du doch zuhause geblieben.
Auch oben auf dem Holzhaufen predigt der Mann noch.
„Los jetzt", sagt der Stadtvogt.
Die Ratsknechte stoßen Fackeln ins Holz.
Hinter Rauchwolken schreit der Mann.
Du hättest nicht nach Konstanz reisen sollen, Jan. Du hast so sehr gefehlt in Prag, in Böhmen. Du hättest leben sollen. Dein Wort hat überall so sehr gefehlt.
Jan Hus, mein Freund, ich bin so traurig. Ich bin so stolz auf dich.
Die Asche schaufeln sie auf einen Karren, kippen sie in den Fluss.

Kapitel 5

Manfred Klenk

Für Golineh

tränenbitter

Teheran –
sie weinen auf Persisch
sie weinen auf Kurdisch es weinen
die Mütter der Balutschen
Mütter arabischer Minderheiten
umarmend in Trauer vereint
verloren die Söhne
die Töchter
an einen Machtap:parat
des Staats:unsicherheit
Verhörmet:hoden des Todes
Ohne Worte

Die Mütter verstehen
untereinander
im Schmerz
Sprache des Herzens
die Tochter
verloren den Sohn
exekutiert
im Radschaischahr Gefängnis

ohne Zungenschlag
tiefe Verbundenheit
sie fühlen miteinander
im Verlust ihrer Kinder
Mutter für Mutter
einander stützend
auf dem Azadi-Platz
Teheran
tränenbitter
der Kampf der Jugend
um deren Zukunft
für Freiheit

Für das freie Wort*

1981 in der Provinz Chuzestan, im Südwesten des Iran geboren, ist **Atefeh Chaharmahalian** eine der wichtigsten Dichterinnen der postrevolutionären Ära. Am 3. Oktober 2022 wurde sie im Zuge der Proteste in Teheran verhaftet und 72 Tage im Evin-Gefängnis festgehalten unter massiver Verletzung der Menschenrechte.

Das deutsche PEN-Zentrum protestierte und setzte sich für sie ein. Im Dezember 2022 kam sie auf Kaution frei. Im Januar 2023 kam das Urteil: Zwei Jahre und acht Monate Gefängnis, ausgesetzt auf fünf Jahre Bewährung, in denen sie sich in keiner Weise öffentlich äußern darf, nicht mal mit einem Gedicht.

Aber die Autorin und Aktivistin akzeptiert die Strafe nicht. **Es wäre für sie der soziale Tod, sie würde unsichtbar gemacht, verstummen und verschwinden.** Atefeh Chaharmahalian geht gegen das Urteil in Berufung und kämpft furchtlos weiter.

* *PEN-Zentrum Deutschland – Writers in Prison*
Atefeh Chaharmahalian (Iran)

Atefeh Chaharmahalian (Iran)

In den tristen Augenblicken,

die ich nicht erwähne*6

In den tristen Augenblicken, die ich nicht erwähne
Bin ich wider Willen feucht geworden
Und die Matratze
Die unter meinen Beinen
Liebesspiel betreibt
Wie sehr wird jede Nacht zum Mann
Tags
Stehen mir die Linien gegenüber, hinter denen du bist
Und dort hinten, wo du bist, da bin ich Frau
Jemandes Frau bin ich, welcher mir zuruft:
Meine Frau!
Meine…!
Ein besitzanzeigendes Geschlechtsfürwort
Und schmutziges Persisch begeht ein Verbrechen an meinen Fingern.
Nein!
Dieser Zeile Mund ist kein Erzähler
Dieser Vers verlangt einen unrechten Autor
Und unrecht
Ist jemand am Apparat
Ich presse mich fest
An dich, der die Matratze liebt!
Mir gegenüber bist du eine Leerzeile des Mörders
Von dem der sagt „Du bist's", ich bin verurteilt
In der nächsten Zeile wirst du für die nächste Zeit verbannt
Stets schütte ich Punkte aus bis in den Abgrund!
Du kommst nicht zu Ende
Bist du nicht gekommen?
Jetzt
Ist es der Wurf einer Zeile nach mir, Punktum
Ich werde zum Spiegelbild
Meiner...!
Der Mund des Gegenübers ist eine finstere Miene
Erhebt euch zu Ehren des Richters
Ich möchte in der Muttersprache lügen.

Übersetzung aus dem Persischen (Farsi): Ali Abdollahi/ Kurt Scharf aus A. Abdollahi/ K. Scharf: Ein Dieb starrt im Dunkeln auf ein Gemälde, Sujet Verlag, Bremen 2021, S. 274-275

Atefeh Chaharmahalian

In den tristen Augenblicken, die ich nicht erwähne[*7]

توی لحظه های گودی که نمی گویم
در تقابل با خودم خیس شده ام
و این تشک
که زیر پاهایم عشقبازی می کند
هر شب چقدر مرد می شود
روز
خط ها روبروی من می ایستند که آن‌ورش تویی
و آن ورش که تویی من زنم
و زن کسی هستم که صدایم می کند:
زنم!
...اَم!
ضمیرِ جنسیِ مالک
و فارسیِ کثیف به انگشت‌هایم خیانت می کند.
نه!
دهانِ این سطر راوی نیست
این شعر مولف ناجور می خواهد
و ناجور
کَسِ پشت خط است
من خودم را سخت
فشار می دهم به توی عاشق تشک!
از روبرویم خط فاصله قاتل تویی
آنکه می گوید تویی منم محکوم
خط بعد به عصر بعد تبعید می شوی
هی نقطه پرت می کنم تا ته!
تمام نمی شوی
می شوی، تمامم؟
حالا
پرتاب سطر است بر من و نقطه
می شوم انعکاسِ
... اَم!
دهانِ روبرو اخم است
به احترامِ قاضی بلند شوید
می‌خواهم به زبانِ مادری دروغ بگویم.

Hasan Dewran

Das ewig schöne Lied

Nicht drinnen, nicht draußen.
Nicht halb, nicht ganz.
Nicht dazu gehörig
und nicht davon getrennt.

Es will aber ganz sein, ganz dabei sein,
ganz Feuer, ganz Wasser,
ganz Klang, ganz Farbe sein.
Umarmt werden,
von liebenden Augen gesehen,
von offenen Ohren gehört werden,
und tief drinnen im Herzen wohnen.

Das ist das ewig schöne Lied
des Menschen,
worin seine tiefste Sehnsucht liegt.

Hans-Walter Voigt

Abschied

Zugluft, des Zuges Türen
sind längst wieder dicht,
Nasen pressen an Scheiben,
Hände winken, Pflicht,

partout noch dieses eine Rufen,
das keiner mehr versteht,
mimische Notationen,
menschliche Gesten kommen zu spät.

Vielleicht auch schon vom Hafen
war früh das Ziel verkannt
so schnell das Abschiednehmen,
das Wort, die stille Hand.

Schöpfer und Gelehrte,
sie schufen die Seele nicht.
Nicht der Glaube, auch kein Hoffen:
Nach Trennung leere Zuversicht.

Züge fahren, Schiffe gleiten
mit dem Abschied dir als Pfand
in neue Welten und sie weiten
deiner Herkunft Land.

Kapitel 5

Bernhard Schader

Heimat.Zeiten.Sprünge

Die Hügel, die wir Berge nannten. Die Kirche, der Marktplatz, der Kindergarten, das alte Gymnasium. Das Grün, die Blüten, Magnolienbäume. Die Brunnen der Stadt. Die Bäche, jetzt renaturiert. Das Gasthaus im Tal.
Da bin ich geboren, da komme ich her. Da bin ich nicht mehr.

Die Berge, höher als die Hügel. Der Blick von oben, nach langer Fahrt, auf den See. Die Serpentinen hinunter, am Stadtturm vorbei. Das Schild, mitten im Sommer, das zum Anlegen der Schneeketten mahnt. Die Schotterstraße hinauf zum alten Pachthof. Die Ferienwohnung im einstigen Ziegenstall, davor der Mandelbaum.

Die Stadt auf den Felsen. Die Läden, macelleria, alimentari, frutta e verdura. Die Bar mit der sonnengebleichten Kunststoffmarkise. Zitroneneis auf der Treppe zum Dom.

Brombeeren in Großmutters Garten. Die Schwestern im Kinderwagen. Der Weihnachtsbaum und die Krippe. Drei Könige im Januar.

Der Klettersteig. Vom Gipfelkreuz die Weitwinkelsicht ins Tal. Der Frühstücksraum der Pension. Abends das Hefeweizen, im Biergarten nebenan. Der Felsenweg am Col de la Schlucht. Der Schnee in den Loipen. In den Dünen das Zelt, vor langer Zeit am Atlantik.

Das Zimmer im Studentenwohnheim. Die Hamburger in der Kneipe an der Bockenheimer Warte. Der Streit ums Putzen in der WG. Schwarzfahren in der Straßenbahn.

Mein Esstisch. Meine Couch. Mein Kleiderschrank mit der verschrammten Tür. Mein Computer. Mein Fahrrad. Meine Kamera.

Die Bänke am Baggersee. Die Störche im Park. Der Weg auf dem Neckardamm.

Das Straßencafé unter dem Schillerdenkmal. Das Kafenion am schwarzen Strand von Santorini. Das Bier auf dem Campo de' Fiori.

Die Stadt der Blinden. Die Bibel. Die Kirschen der Freiheit. Alexis Sorbas. Stanišićs Herkunft. Ein Gespenst geht um in Europa. Der gute Mensch von Sezuan.

Mit meiner Enkelin skypen. Das Foto von meiner Tochter.

Die roten Wanderschuhe, ausgelatscht. Das graue Lieblingshemd, schon lange im Müll. Mein Herd. Meine Pfanne. Meine Kaffeemaschine.

Das Theaterabonnement. Das Kino, danach beim Italiener die Vorspeisenplatte für zwei. Das Literaturfestival in der Feuerwache. Vivaldi, gerockt von Nigel Kennedy.

Der Markt am Samstag. Der türkische Kaffeeladen. Die Wochenendausgabe der Zeitung. Die Krimis auf ZDF-Neo.

In Yokohama das Labyrinth des Bahnhofs, zwei Frauen, die mir den Weg zur U-Bahn zeigen, treppauf, treppab.

Der blaue Teppich, abgetreten. Auf der Terrasse der alte Stuhl. Das Geschrei auf dem Spielplatz. Der Bambus im Vorgarten.

Ein Abend mit dir. Oder mit dir. Oder mit euch beiden.

Das Büro in Frankfurt, gleich neben dem Hauptbahnhof. Der Pendlerzug, meistens verspätet. Die Bushaltestelle. Die Linie 7.

Frühstück mit den Geschwistern. Roggenbrot aus dem Bioladen. Die Döner-Bude. Der Drogeriemarkt. Die ALDI-Filiale.

She loves you, yeah. We shall overcome. Oh Lord, won't you buy me a Mercedes Benz? Das Jazzfestival von Perugia. Das open-air-Konzert am Rhein.

Tage mit dir. Urlaub mit dir. Essen mit dir. Alltag mit dir.

Schreiben. Lesen. Darüber reden. Mit euch, mit dir, mit mir.

Die Hügel, die wir Berge nannten. Die Kirche, der Marktplatz. Gemeinsame Tage.

Da war ich. Da bin ich. Da würd' ich gern bleiben. Da bin ich nicht mehr.

Kapitel 5

Hans Walter Voigt

Was Heimat ist, fragen wir uns.

Sind wir Menschen es einander?

Fragen wir den Heimatlosen.

Kapitel 6

Heimat –

Gedankensplitter

Clair de lune	Gastbeitrag: Gedicht Kristin Wolz
Wissen ist Macht	Gedicht Hasan Dewran)
Vergänglichkeit	Gedicht Hans-Walter Voigt
Vermächtnis fortwährend	Gedicht Manfred Klenk
Traumhaftcreme	Gedicht/Text Edgar Schmandt
Schillerpreis 2022 / Textauszug	Emine Sevgi Özdamar

Kristin Wolz*

Clair de lune

Debussys suite öffnet den reißverschluss des himmels
schwarz-weiße tasten spielen Pausen
damit erwartung entstehe
jeder ton erfüllt sehnen nach dem andern
träume perlen im Bauchkelch
weisen über mich hinaus
fließen ins war-immer-schon-da
mit dem letzten ton im blau
verklinge ich

*[8] aus „Wenn ich in den Himmel schau"
mit Christiane Hedtke, Kristin und Herbert Wolz (2018)

Kapitel 6

Hasan Dewran

Wissen ist Macht.
Doch Macht ohne Gewissen
hinterlässt
die Welt in Ruinen und Rissen.

Hans-Walter Voigt

Vergänglichkeit

Ich bin nicht der, der ich mal war
vor vielen Jahren, kaum spürbar
vergeht so schnell die Zeit.
Sie kommt und nimmt mich leise fort
von hier nach da, von da nach dort.
Von einst zur Gegenwärtigkeit.

Das, was vorbei, ging unbemerkt dahin
und zeigt´ mir doch des Lebens Sinn,
den ich zumeist nie ganz verstand.
Ich hinterfragte ihn gar oft,
ich hab gezweifelt und gehofft.
So zogen Jahre übers Land.

Das Kinderspiel, die Glocke klang
vom Kirchturm her zum Vogelsang
so sanft und doch eindringlich klar.
Und strömte bald bis über Felder
der Duft von Tannen tiefer Wälder,
ward mir so vieles offenbar.

Und dann, wenn einen nichts mehr hält,
tritt man hinaus in diese Welt,
man sucht das Neue, Fremde.
Doch Kutscherruf und Peitschenschlag:
längst schon verhallt am alten Hag,
vergessen und Legende.

Kapitel 6

Die Bäume stehen noch immer dort
an dem schon längst verwaisten Ort
und zeigen mir der Rinden Zahl.
Wie Vielen stehlen sie die Schau
mit ihrer Kron im Himmelblau,
von fern des Postillions Signal.

Und irgendwann nimmt mich mein Atemzug,
der mich durch all die Jahre trug,
mit hin zur letzten Reise.
Ein Windhauch weht sanft übers Feld,
und alle Äcker sind bestellt.
Die Amsel singt zart ihre Weise.

Es ist ein Lied, das niemals schweigt
und vor dem Dasein sich verneigt
bis zu den fernsten Reichen.
Einsam verloren in den Sphären,
in der Unendlichkeit Schimären
entschwindet Zeit und ihresgleichen.

Ich bin nicht der, der ich mal war
vor vielen Jahren, wunderbar.
Wie schnell entfloh die Zeit.
Sie kommt und nimmt mich leise fort
an irgendeinen letzten Ort.
Und keiner weiß, wie weit.

Ich bin nicht der, der ich mal war

Manfred Klenk

In Gedanken an
Günter Kunert († 2019)

Vermächtnis fortwährend

Gestern war schon damals.
Damals morgen früh
Woran du dich erinnerst:

Die Tabletten nicht vergessen!

An die Sterblichen: Unsterbliches
währt selten länger.
Die Lichtjahre gehen hausieren
mit kleinen Ewigkeiten
mit der begrenzten Vorstellung
von der Unendlichkeit.
Bringt bitte ausreichend Zeit mit!
Abflug zwölf Uhr dreißig.

Gestern war schon damals.
Erinnerungsstücke füllen
deine Lücke im Sanktuarium
Heimat der Vergessenen
und zum Vergessenwerden Geborenen –

Am frühen Morgen schon
die Tabletten

Edgar Schmandt
(geb. 12. Jan. 1929 in Berlin – gest. 13. Juli 2019 in Mannheim):

Künstler, der den überwiegenden Teil seines Lebens in Mannheim schöpferisch verbrachte: Malerei, Zeichnung, Collagen, Arbeiten auf Papier und Kunst am Bau / an Gebäudefassaden.

Traumhaftcreme

Gern träumte ich
mir eine Herkunft
die alle Heimaten der Welt
in sich vereinen möge.

Doch vergesse ich immer
tief und fest einzuschlafen.
Ein solche Heimat sich so
Wohl kaum erträumen lässt.

Der ‚Malerpoet' Edgar Schmandt (2018)

Mit dem Begriff „Heimat" konnte der Künstler Edgar Schmandt nichts anfangen, wie er den Autoren dieses Buches bei einem ersten Arbeitstreffen am Schillerplatz in Mannheim mit seinem spontanen Besuch bekundete: *„Mit dem Wort ‚Heimat' könnt' Ihr mich jagen"*, da sei ihm die Zeit zu schade. Man habe in seiner Jugend diesem Begriff den Boden entzogen, der blutbesudelt gewesen, mit unerträglichem Pathos garniert, dass er beizeiten schon dem „Heim ade" sagen musste.
Als er nach stalinistischer Inhaftierung in der damaligen DDR wieder westdeutschen Boden unter den Füßen verspürte und das Mannheimer Lokal-Kolorit an den Wänden innen und außen vernahm, habe man ihm den letzten Bezug zu dem ‚Pepita-Karo-Hut' namens Heimat genommen: Der Förster im Silberwald mit röhrendem Hirsch vor verzuckerten Berggipfeln – und als ein Geschäftsmann ihn noch bat, hier auch heimatliche Bezüge zu Papier, auf die Leinwand zu bringen:
„Warum malst Du nicht auch einmal Schiffe auf dem Rhein, den „Wasserturm", das wahre Zeichen dieser Stadt?"
– da durfte ihm keiner mehr mit dem „kleinkariertem Heimat-Kitsch" kommen. „Ihr solltet besser für Euer Buch den Stoff wechseln und dieses Thema in seiner biederen, an allen Ecken klemmenden Schublade belassen," hatte er uns noch mit auf den Weg gegeben. – Sein kleines Poem ließ er dennoch dem Buchprojekt „Heimat und Anderswo" zugutekommen.

... und jetzt ein deutsches Gedicht:

„Ich, Bertolt Brecht, bin aus den schwarzen Wäldern.
Meine Mutter trug mich in die Städte hinein,
als ich in ihrem Leibe lag. Und die Kälte der Wälder
wird in mir bis zum Absterben sein.

Bin, Bertolt Brecht. Kara orman landam, geliyorum,
Annem beni şehirlere taşıdı,
ben karnındayke, ormanların soğuğu
ölünceye kadar içimde kalacak"

***

***

Eine Wand sagte: „Ich werde das Land verlassen. Wie Mari und Diana nach Europa wandern."
Die andere Wand sagte: „Gut, zieh nur hin. Wohlan, hetz dich ab, wie ein schneller Hund, renn hin zu diesem Europa."
Die dritte, vor der ich im Bett lag, sagte: „Ach mein Kind, wie jung ist dein Blut, so gastfreundlich für verrückte Taten. (…)

Die erste Wand sagte: Ich werde gehen, still wandern auf den fremden Gassen."
Die zweite Wand sagte: „Von dort werden alle deine gutherzigen Kindheitsvögel raus aus deinem Mund hierher zurückfliegen. In jedem Schnabel die Liebe, die Liebesquellen deiner Kindheit. So werden sie dich verlassen. Dich in der Fremde mit schwarzen Gefühlen zurücklassen."

Die Wand hinter mir sagte: „Leb hier mit deiner großen Kindheit, mit deinen Toten, und stirb später bei deinen Toten."
Als die Bäcker-Osman-Wanduhr (die Wanduhr des Nachbarn) zweimal in der Nacht schlug, sagte ich laut im Zimmer: „Ich werde gehen." Die Wände blieben stumm.

(…)

*7+8 Auszug aus „Ein von Schatten begrenzter Raum" von Emine Sevgi Özdamar, Schillerpreisträgerin der Stadt Mannheim 2022 – Roman / Suhrkamp Verlag, Berlin 2021

Quellenverzeichnis

1) „Heimat – Geschichte eines Missverständnisses“ Susanne Scharnowski, WBG, Darmstadt, 2019
2) „Die Sehnsucht nach der guten alten Zeit“ / Egon Friedell: Das Altenbergbuch, Leipzig Wien Zürich 1921 – aus: „Peter Altenberg“, Hans Christian Kosler, insel taschenbuch 1. Auflage, 1997
3) Drei Zitate von Geflüchteten aus Syrien, die 2016 nach Deutschland gekommen und seit 2012/2022 in Berlin beruflich fest verankert sind.
4) Notat zu Michail Afanassjewitsch Bulgakov (geb. am 15.5.1891 in Kiew |– gest. am 10.3.1940 in Moskau) – Bezug: „Ich bin zum Schweigen verdammt“ – Tagebücher und Briefe von Michail Bulgakov – Zum 75. Todestag: 10.3.2015 (Autor Roger Cockrell), Luchterhand Verlag, 2015
5) Gastbeitrag von Rita Hausen: „Das verbotene Wort“ – Beitrag zum „Welttag der politischen Gefangenen“ zum 17./18. März 2023.
6) „In den tristen Augenblicken“ / Gedicht von Atefeh Chaharmahalian – Übersetzung aus dem Persischen (Farsi): Ali Abdollahi / Kurt Scharf
aus: „Ein Dieb im Dunkeln starrt auf ein Gemälde“ von Ali Abdollahi und Kurt Scharf, Sujet Verlag, 1. Auflage 2021, S. 272-275
7) „In den tristen Augenblicken“ im Originaltext auf Farsi von Atefeh Chaharmahalian – mit Dank an das PEN-Zentrum Deutschland, das diesen Originaltext zur Verfügung gestellt hat.
8) Gastbeitrag von Kristin Wolz: „Clair de lune“ aus „Wenn ich in den Himmel schau“ mit Christiane Hedtke und Herbert Wolz (2018).
9) Zitat aus der Schillerpreisverleihung der Stadt Mannheim an Emine Sevgi Özdamar vom 27.11.2022 – Bezug auf das Buch: „Ein von Schatten begrenzter Raum“, Emine Sevgi Özdamar, Suhrkamp Verlag, Berlin 2021, S. 119
10) Zweites Zitat aus der Schillerpreisverleihung der Stadt Mannheim an Emine Sevgi Özdamar vom 27.11.2022 – Bezug auf das Buch: „Ein von Schatten begrenzter Raum“, Emine Sevgi Özdamar, Suhrkamp Verlag, Berlin 2021, S. 51-52

***

Autoren

Hasan Dewran

Hasan Dewran, geboren in Dersim (Tunceli, Türkei), lebt seit 1977 in Mannheim. Er ist Lyriker, Schriftsteller; seine Gedichte und Prosatexte verfasst er in drei Sprachen – Deutsch, Türkisch und in seiner Muttersprache Zazaki. Auf Deutsch veröffentlichte er bisher fünf Gedichtbände sowie zahlreiche literarische Beiträge. „*Ungeahnt*" heißt sein zuletzt veröffentlichter Gedichtband im Brandes & Apsel Verlag, Frankfurt am Main, 2019. Sein zweiter publizierter Gedichtband „*Tausend Winde, ein Sturm*", Edition Orient Verlag, 1988, wurde ins Englische übersetzt sowie einzelne Gedichte in mehrere Sprachen. Auch als Aphoristiker ist er über deutsche Grenzen hinaus bekannt. Hasan Dewran ist Diplom-Psychologe und arbeitet als niedergelassener Psychotherapeut in Mannheim.

Manfred Klenk

Manfred Klenk, geb. in Mannheim, lebt ebenda, schreibt Gedichte, Essays und Kurzprosa. Mit den literatur- und sprachwissenschaftlichen Studien erste Veröffentlichungen in zahlreichen Anthologien. Eigene Publikationen: „*Ovids Verjüngung*", Steinmeier Verlag, München 2013 – „*Das Auge der Zunge*" (Gedichte zu Zeichnungen von Edgar Schmandt), Wellhöfer Verlag, Mannheim, 2014 – „*#Maskenfall*" (Gedichte zur Malerei und Collagen von Edgar Schmandt), Waldkirch Verlag, Mhm. 2019 – „*Leipziger Skizzenbuch*" (Gedichte zu den Feder-Zeichnungen von Niels Gormsen mit den Autoren: Michael Augustin, Bremen und Ralph Grüneberger, Leipzig, Waldkirch Verlag, Mhm. 2022. – Manfred Klenk ist Vorstandsmitglied des Literarischen Zentrums Rhein-Neckar e.V. „DIE RÄUBER '77", Mitglied der Gesellschaft für Zeitgenössische Lyrik (Leipzig) sowie in der Goethe-Gesellschaft Weimar e.V. und Rhein-Neckar e.V. – Manfred Klenk ist Mitglied im PEN-Zentrum Deutschland.

Bernhard Schader

Bernhard Schader, geb. 1949 in Bensheim, gest. 2023 in Mannheim, Dipl. Psychologe und Lehrer, arbeitete im sozialpädagogischen Bereich, in der Schule und in der Lehrerfortbildung. Er schrieb vorwiegend Storys über individuelle Verrücktheit, öffentlichen Wahnsinn, Heimat und Flucht.

Veröffentlichungen: mehrere Storys in diversen Anthologien; Sachbücher für Kinder und für Eltern

Über eigenständiges Lernen (bei Duden) und Aufsätze in Fachzeitschriften.

Aufgewachsen an der Bergstraße lebte er nach Stationen in Frankfurt, Darmstadt und Hamburg seit Langem in Mannheim.

Bernhard Schader war Vorstandsmitglied des Literarischen Zentrums Rhein-Neckar e.V. „DIE RÄUBER '77".

Hans-Walter Voigt

Hans-Walter Voigt, geb. 1953 in Rockenhausen, lebt in Ludwigshafen am Rhein, *Magister Artium* an der Johannes-Gutenberg-Universität in Mainz in den Fächern Germanistik, Geschichte und Buchwissenschaft, von 1986-2015 Mitarbeiter im Bibliotheks- und Archivwesen der BASF. Publikationen in diversen Anthologien, Zeitungen und Zeitschriften. Eigene Veröffentlichungen: *„Das entglittene Wort"*, BoD Verlag 2013, *„Die Ameise wollte mich treffen. Gedichte und Bilder (Fotografien)"*, Pop Verlag, Ludwigsburg 2016, Debütroman *„Tillmann und Theres"*, Worms Verlag 2018, Roman *„Theres. Roman von der Begrenztheit des Lebens"*, Worms Verlag 2021 – Roman *„Arnim. Der lange Abschied"* ist derzeit noch in Bearbeitung, wird 2023 zur Veröffentlichung kommen. Hans-Walter Voigt ist Mitglied im Literarischen Zentrum Rhein-Neckar e.V. „DIE RÄUBER '77".

***

Wir danken Silvia Köhler und ihrem Kollegen Hans-Joachim Schröder von „Künstlernachlässe Mannheim" für die Überlassung der Fotografie zu Edgar Schmandts *„Der Kopf des Menschen"* (Malerei, Mischtechnik) aus dem Jahr 1998/2009 zur Gestaltung des Buchcovers „Heimat und Anderswo".

***

Ebenso danken wir den beiden Gastautorinnen Rita Hausen und Kristin Wolz für die freundliche Zurverfügungstellung ihres Gedichtes *„Das verbotene Wort“* (Rita Hausen) und *„Clair de lune“* (Kristin Wolz).

***

Des Weiteren dürfen wir uns bedanken bei dem PEN-Zentrum Deutschland für die zum „Welttag der politischen Gefangenen“ (zum 18. März 2022) überlassenen Texte *„Das freie Wort“* und der Poesie von Atefeh Chaharmahalian (Iran), die u.a. auch in diesem Buch veröffentlicht werden konnten.

An dieser Stelle unser Dank dem Verlag Waldkirch Mannheim für dessen Entgegenkommen, 1,00 Euro pro verkauftes Buch **„Heimat und Anderswo“**
dem Spendenkonto von PEN-Zentrum Deutschland zugutekommen zulassen:

Sparkasse Darmstadt
IBAN: DE03 5085 0150 0000 7301 14
BIC: HELADEF1DAS
Stichwort: Literarisches Leben

***

Inhalt

Sehnsucht nach kosmopolitischer Provinz 5

Kapitel 1 – Postkarten Idylle – Heimat in der Erinnerung 7
Postkarten Idylle – Heimat in der Erinnerung 8
Big Yellow Taxi 9
Heimkehr 10
Am Rhein 11
Der Munzur 12
Lindau im Bodensee 13
Das Meer fein sauber, aber kühl 14
Wahlheimat 19
Die Felsfeige 20
Heimat beginnt so: 21
Orvieto Underground 22

Kapitel 2 – Zwischen Wurzeln und Weltoffenheit – Heimat in der Ferne 27
Zwischen Wurzeln und Weltoffenheit – Heimat in der Ferne 28
Wanderlust 29
Wurzeln und Zweige 30
Giovanni aus Monterrone 31
Tentações. Versuchungen 32
Manchmal 36
Salamantica 38
Notate zu „Salamantica“ 39
Selina träumt 40
Eine Nadel 41
Bir iğne 41
Ju derjen 42
Heldenreise. Altes Format 43

Kapitel 3 – Flucht, Vertreibung und Exil – Heimatverlust 49
Flucht, Vertreibung und Exil – Heimatverlust 50
Innere Emigration – Die Heimat verloren im eigenen Land 51
Tut das Unnütze 52
Zuflucht 53
Niemandsland 55
Geschlossene Gesellschaft 56
Go down, Moses 57
Tropfnass 62
Wir und wir 63
Biz ve biz 64
Ma u ma 64
Kein gutes Gefühl 65
Zum Schweigen verdammt 67
Nachwort zum Notat (Bulgakov) „Zum Schweigen verdammt“ 68
Unter dem Meer 69
Infernalischer Krach 70
Wieviel Heimat 73

Kapitel 4 – Heimat in einer globalisierten Welt – Entgrenzung mit Bodenhaftung 75
Heimat in einer globalisierten Welt – Entgrenzung mit Bodenhaftung 76
„Woanders – Bleiben wo ich nie gewesen bin“ 77
Woanders 78
Entre Nous 79
Anderswo 80
Tomatenträume 81
Man muss auch mal konsequent sein 81
Zu dir 91
Tu ser (Zazaisch) 92
Sana doğru (Türkisch) 92
Heimspiel 93
Ich schaue 94
Vielleicht 95
Wo Bill zuhause ist 98
Der Wintermantel 99
An deinen Lippen 100
Zuversicht 101
Oum Kulthum 102
Weg mit Grenzen 103
Antiochia seismographica 104
Sing weiter, Oswald! 105

Kapitel 5 – Wo das freie Wort, Vertraute Sprachkultur verboten,wo Migration zum Verlust der Muttersprache führt, beginnt bereits –Heimatlosigkeit – 109
Heimatlosigkeit 110
Die Stunde, wenn Dalands Schiff ankommt 111
Der Bürger und der Staatsmann 113
Das verbotene Wort 114
Worte in Prag. Worte in Konstanz 115
tränenbitter 119
Für das freie Wort 120
In den tristen Augenblicken, die ich nicht erwähne 121
In den tristen Augenblicken, die ich nicht erwähne (Farsi) 122
Das ewig schöne Lied 123
Heimat.Zeiten.Sprünge 125

Kapitel 6 – Heimat – Gedankensplitter 129
Clair de lune 130
Vergänglichkeit 132
Ich bin nicht der, der ich mal war 132
Vermächtnis fortwährend 134
Traumhaftcreme 135

Quellenverzeichnis 138
Autoren 139

Die Räuber '77

Literarisches Zentrum Rhein-Neckar e.V.